Nous remercions le ministère du Patrimoine canadien,
la SODEC et le Conseil des Arts du Canada
de l'aide accordée à notre programme de publication

 Patrimoine   Canadian
canadien   Heritage

  Conseil des Arts   Canada Council
du Canada   for the Arts

ainsi que le gouvernement du Québec
– Programme de crédit d'impôt
pour l'édition de livres
– Gestion SODEC.

Nous reconnaissons l'aide financière
du gouvernement du Canada
par l'entremise du Programme d'aide au·développement
de l'industrie de l'édition (PADIÉ) pour ce projet.

Logo de la collection:
Vincent Lauzon

Illustration de la couverture:
Louis-Martin Tremblay

Maquette de la couverture:
Ariane Baril

Édition électronique:
Infographie DN

Dépôt légal: 2ᵉ trimestre 2008
Bibliothèque nationale du Canada
Bibliothèque nationale du Québec

1234567890 IML 098

C'est permis
de rêver

Susanne Julien

C'est permis
de rêver

Roman

**ÉDITIONS
PIERRE TISSEYRE**
www.tisseyre.ca

9300, boul. Henri-Bourassa Ouest, bureau 220
Saint-Laurent (Québec) H4S 1L5
Téléphone : 514-335-0777 – Télécopieur : 514-335-6723
Courriel : info@edtisseyre.ca

Catalogage avant publication de Bibliothèque et Archives nationales du Québec et de Bibliothèque et Archives Canada

Julien, Susanne

    C'est permis de rêver : roman
    2e édition

    (Collection Faubourg St-Rock plus ; 12)
    Édition originale : ©1994
    Pour les lecteurs de 12 ans et plus.

    ISBN 978-2-89633-039-3

    I. Tremblay, Louis-Martin. II. Titre III. Collection

PS8569.U477C48 2008   jC843'.54   C2007-940797-8
PS9569.U477C48 2008

1

« **M**audit que c'est dur ! »

Maxime soupire. Il se doutait bien que ce ne serait pas une sinécure, mais il n'avait jamais envisagé que ça puisse être difficile à ce point-là ! Il se traîne les pieds partout : pour ses livraisons de journaux le matin ; à l'école durant le jour ; à l'épicerie après la classe. Il n'est pas encore 21 h et il est déjà vanné. Heureusement qu'il ne travaille pas plus tard, il n'y survivrait pas.

Il se décourage d'autant plus que son père ne fait pas sa part. Robert Langlois se déclare inapte au travail ! En fait, il attend qu'une place se libère dans une clinique de désintoxication. Il y a un mois et demi, il a promis à son fils de ne plus toucher à la drogue. Et que fait-il de tout son temps ? Selon Maxime, son père se la coule douce à la maison !

Robert Langlois a bien fait une demande à l'assurance-emploi, mais les chèques n'arrivent toujours pas. Il a aussi cherché un autre poste après avoir perdu le sien. Malheureusement, personne ne veut de lui avec la tête qu'il a, sans parler des références négatives de son dernier employeur. Alors, il piétine à la maison. Il passe ses journées à lire le journal, à bouffer tout ce qu'il y a dans le réfrigérateur et à tricher.

Maxime sait que son père s'achète de la drogue en cachette ; et de plus en plus souvent. Pourquoi est-ce si long avant qu'il ne soit admis au traitement ? Il est vrai que les listes d'attente pour les centres de désintoxication publics sont interminables quand on n'a pas les moyens de se payer une clinique privée. Combien de temps Maxime va-t-il tenir le coup ? Même ses résultats scolaires commencent à en souffrir. Maxime le petit *bollé* se transforme en Maxime le raté ! Pour son plus grand désespoir ! Il a honte de ses derniers examens. Un garçon comme Benoît Ladouceur, qui n'est pas reconnu pour ses succès scolaires, au contraire, obtient un meilleur rendement que lui depuis quelque temps. Maxime a l'impression de vivre une histoire d'horreur !

Quand les professeurs enseignent, ça lui traverse le cerveau sans s'arrêter. Parfois il ne les écoute pas du tout. Leurs paroles coulent sur lui comme l'eau sur le dos d'un canard. Il devient incapable de se concentrer sur quoi que ce soit : plus rien ne parvient à s'agripper à sa mémoire.

Pourtant, avant, c'était si simple. Dès qu'il entendait une explication, elle se gravait en lui.

Mieux encore, par déduction logique, il en découvrait la fin avant même que l'enseignant ne termine de l'exposer. Aujourd'hui, tout s'embrouille dans sa tête. Quand il lit un texte, rendu à la conclusion, il en a oublié le début. Maxime ne comprend pas ce qui lui arrive.

Au rythme où ses notes chutent, il va couler son année, c'est certain. Il doit absolument se ressaisir et reprendre le contrôle de ses notes. Tout à l'heure, après son travail à l'épicerie, il ira étudier la biologie pour son examen de demain. S'il n'a pas envie de finir sa vie en ex-vendeur d'autos complètement dopé comme son père, il doit absolument se reprendre en main.

En espérant, évidemment, que son cher père lui en laisse l'occasion. Si Robert Langlois se trouve dans le même état qu'hier soir, Maxime ferait mieux d'oublier l'étude pour ce soir. Pour justifier les marques qu'il porte sur la joue, il s'est inventé un incident un peu trop simpliste à son goût : « Je me suis frappé contre la porte ouverte du coffre d'une voiture en voulant y placer la commande d'un client. » Pendant combien de temps va-t-il encore pouvoir berner les gens ?

Les crises de colère de son père laissent des traces de plus en plus apparentes. Robert Langlois est tellement imprévisible que Maxime ne sait plus comment se comporter avec lui. Un jour, il se montre agressif et se met en rogne pour des riens, alors Maxime écope pendant que sa petite sœur se cache dans un coin de l'appartement. Le lendemain, il ne se souvient de rien ou il cherche à réparer en affectant un air doucereux et des manières de mère poule.

Mais le pire, c'est quand il essaie de faire croire à Maxime que c'est lui, le grand responsable de ce comportement violent. Dans ces moments-là, il répète que son fils le pousse à bout avec les questions d'argent, et que s'il la fermait, leur vie serait plus agréable. Si Maxime la fermait! Pourtant, c'est toujours son père qui parle, ou plutôt qui crie. Si seulement cet homme pouvait penser un peu à ses enfants, mais l'adolescent est convaincu que c'est le dernier des soucis de Robert Langlois.

Maxime se secoue. Ça ne l'avance à rien de se tourmenter ainsi. Il s'efforce de faire le vide dans son esprit pendant qu'il porte jusqu'à une voiture la commande de la dernière cliente de la soirée. La femme le gratifie d'un maigre pourboire. Comme tous les jeudis soir, il a les poches remplies de pièces de monnaie. Sa petite sœur a l'impression qu'il est riche. Pauvre fillette, à sept ans, elle a encore beaucoup à apprendre sur ce qu'il en coûte pour vivre.

Maxime accomplit à la hâte les quelques tâches supplémentaires exigées par le propriétaire avant de pouvoir enfin quitter l'épicerie. Sur le chemin du retour, le froid humide de février lui glace les pieds. C'est en frissonnant qu'il pousse la porte de leur appartement. Dans ce sous-sol mal chauffé, il lui semble qu'il fait à peine moins froid que dehors.

Il est accueilli par un silence morne et triste, et une pénombre guère plus réjouissante. Dans le salon et dans l'unique chambre, aucune lampe n'est allumée. Seul le néon de la cuisinière éclaire les murs d'une lueur jaunâtre. Pendant un instant, Maxime redoute qu'il n'y ait personne à la maison. Où son père peut-il être parti avec Marie-Ève? Un léger bruit provenant du garde-manger attire son attention. Max l'ouvre doucement. Sa sœur y est assise avec Bouboule, son chaton en peluche, qu'elle serre bien fort dans ses bras.

— Qu'est-ce que tu fais là?

En guise de réponse, elle se borne à hausser les épaules. Son frère allume le plafonnier.

— À cette heure-ci, tu devrais être dans ton lit. Allez, va te coucher.

La petite ne bouge pas et marmonne:

— J'ai faim.

— Ce n'est pas le temps de manger. Il faut que tu te contentes du souper que papa t'a servi tantôt.

Toujours assise dans le garde-manger, elle l'interrompt.

— J'ai faim. Je n'ai pas soupé. Et papa n'est pas là.

— Il ne doit pas être loin, il va revenir.

— Il n'était pas là quand je suis arrivée de l'école et il n'est pas revenu.

Maxime comprend subitement que Marie-Ève est seule depuis 15 h 30 et que, mis à part ce qu'elle a pu grignoter, elle n'a rien dans l'estomac.

Il s'agenouille près d'elle et remarque ses yeux rougis et son visage blême. Se croyant abandonnée, la pauvre petite a dû être prise de peur et s'est enfermée ici.

— Je vais te préparer quelque chose. Viens t'asseoir à la table.

Maxime s'efforce de garder une attitude calme, mais au fond de lui, il enrage. Entre son père et lui, il y a une entente. Robert doit demeurer à la maison lorsque son fils va directement à l'épicerie après la classe. Comme ça, Marie-Ève n'est jamais seule au retour de l'école. Chacun fait sa part. Mais si le père ne tient pas parole, ça bousille le marché. Maxime ne possède pas le don de dédoublement : il lui est impossible d'être partout à la fois !

Il fouille dans le réfrigérateur à la recherche d'un reste de poulet, tout en se demandant à quoi son père peut bien perdre son temps. Il déplie une boule de papier d'aluminium pour n'y découvrir qu'une carcasse de volaille minutieusement grugée. Et le plat qui contenait un fond de pâté chinois baigne dans l'eau graisseuse de l'évier.

Max n'a aucun doute sur l'identité du goinfre qui n'a rien laissé pour Marie. Maintenant que son père a tout mangé, qu'est-ce que Maxime va bien pouvoir servir à sa sœur ? Il la regarde par-dessus son épaule en suggérant :

— Veux-tu un sandwich au fromage ou au beurre d'arachide ?

Elle grimace :

— Pas encore ! C'est toujours ça que je mange le midi. Je suis tannée.

— Désolé, mais je n'ai rien d'autre.

— Avec toi, il n'y a jamais rien. Chez les autres, c'est rempli d'affaires pour manger. Mais toi, tu ne veux rien acheter.

— Pour acheter, ça prend de l'argent, beaucoup d'argent. Regarde ce qu'on a pour la nourriture.

Sachant bien que pour la petite, la situation est difficile à accepter, il essaie de lui démontrer concrètement qu'il ne peut satisfaire tous ses besoins. Il tend le bras vers l'armoire et attrape une vieille tasse, celle où il range l'argent pour les dépenses courantes. Avant même d'en voir le contenu, il s'étonne de sa légèreté et de l'absence du tintement des pièces de monnaie qui devraient s'y trouver. Vide! Il n'y a plus rien.

Une idée angoissante le paralyse un court instant, puis il se précipite dans la chambre. Dans le premier tiroir du bureau gisent les enveloppes vides. Ce qu'il avait économisé pour régler le loyer et l'électricité s'est volatilisé.

— Maudit! Il recommence! Il recommence à tout voler. Avec la dope qu'il va se payer ce soir, on n'est pas près de le revoir.

L'adolescent met quelques secondes à encaisser cette mauvaise nouvelle et retourne à la cuisine où Marie l'attend. Il voudrait bien lui parler doucement, mais sa voix est cassante.

— On n'a plus un sou. J'ai regardé partout, il n'y a plus rien.

— Même dans tes poches?

Il a ses pourboires, mais ça représente si peu : 13,75 $. C'est loin d'être une fortune. Marie-Ève le fixe pourtant avec des yeux ronds.

— C'est assez pour s'acheter une patate ! Et une liqueur. Peut-être un hot-dog ?

Pauvre Marie, elle rêve en couleurs. Si Maxime dépense tout ce soir, que mangeront-ils pour souper, demain ? D'un autre côté, il voudrait tant lui faire plaisir. Il opte pour un compromis.

— O.K. pour une frite, mais je te prépare un *grilled-cheese*. Et tu bois de l'eau.

Marie mange le sandwich cuit à la hâte, tandis que Max court au restaurant. Une demi-heure plus tard, sa sœur, le ventre plein, s'endort heureuse. Il est enfin libre de penser à son examen de biologie. Libre ? Physiquement peut-être, mais mentalement…

Il n'y parvient pas. Ça se bouscule dans sa tête. Maudit argent ! Où est-ce qu'il va en trouver ? Marie et lui se privent pour économiser, pour payer l'essentiel ; de son côté, son père s'en fout. Il est centré sur sa petite personne. Maxime en vient à croire que si Robert n'existait pas, la vie serait plus simple, tellement plus facile.

Max est fatigué de se morfondre. Fatigué à un point tel qu'il souhaiterait dormir… dormir et se réveiller ailleurs, loin de ce logement déprimant. Très, très loin !

2

Debout derrière le comptoir de sa quincaillerie, monsieur Ladouceur observe son fils. Benoît, concentré sur sa tâche, remet de l'ordre sur les tablettes avant la fermeture du petit commerce familial. Le jeudi soir, les affaires sont bonnes et les clients, en farfouillant à la recherche de l'objet désiré, déplacent tout.

Le quincaillier retient un soupir. Après tout, son fils est un bon petit gars. Les yeux toujours fixés sur Benoît, il prend conscience du ridicule de cette pensée. L'adolescent est loin d'être petit. Il vient d'avoir 17 ans et c'est cela qui enrage son père. À 17 ans, son fils est encore en troisième secondaire! Ben n'est pourtant pas bête, alors pourquoi a-t-il doublé deux fois? L'homme s'en doute bien, mais préfère ne pas y songer. En personne pratique, il se dit que ça ne sert à rien de s'apitoyer sur les pots cassés. Il vaut mieux les réparer ou les changer. Et c'est là son intention, ce soir.

— Ben, viens ici. Il faut que je te parle.

L'adolescent reconnaît le ton de son père : celui des discours autoritaires. Qu'a-t-il encore à lui reprocher ? Traînant les pieds, la mine renfrognée, Ben s'approche du comptoir.

— J'ai vu l'aumônier de l'école, l'abbé Marchessault. On a parlé de toi.

— Vous avez envie de faire de moi un futur prêtre ? raille Ben. *Dominus vobiscuit...*, ajoute-t-il, les mains tendues vers le ciel.

— Peux-tu être sérieux deux minutes ? Oui, c'est de ton avenir qu'on a parlé. Ton avenir, ici, dans le magasin. D'abord, est-ce que tu aimes ça, t'occuper de la quincaillerie ?

Ben dévisage son père. Il tente de savoir quelle espèce de piège lui est tendu. Il se doute qu'on attend de lui une réponse précise, mais dans quel but ? D'une voix hésitante, il articule :

— Oui, c'est sûr que j'aime mieux travailler ici qu'aller à l'école.

— C'est bien ce que je pensais, souffle son père avec une pointe de découragement. Pourtant... pourtant, c'est important que tu termines ton secondaire. De nos jours, sans le diplôme de cinquième, on ne va pas loin.

Ben affiche un air déçu. Encore la même rengaine qui revient. Encore l'école ! Il penche la tête et crispe les mâchoires, prêt à subir en silence le sermon sur les bienfaits de l'éducation.

— Je le sais que tu détestes étudier, que c'est dur pour toi de rester pendant des heures sans bouger derrière un pupitre. Je le sais, et je vais le prendre en considération. Pour l'effort que tu fournis, parce que c'est vrai, cette année, tu t'améliores, je pense que… tu mérites quelque chose en contrepartie.

Ben lève les yeux, surpris. L'entretien prend une tournure inattendue. C'est bien une des rares fois que son père lui souligne son bon comportement. Habituellement, il a droit à des remontrances plutôt salées.

— Oui, j'ai beaucoup réfléchi et je crois que c'est la meilleure option. Si tu termines tes études, le jour où tu recevras ton diplôme de cinquième secondaire, on passe chez le notaire et je te donne la moitié de la quincaillerie.

Cette annonce est tellement imprévue que Ben n'en saisit pas immédiatement tout le sens. Envisageant soudain ce que cela implique, le jeune en a le souffle coupé. Lui, propriétaire d'une quincaillerie, enfin d'une demi-quincaillerie!

— Pour vrai? Je deviendrais mon propre patron?

— On serait les deux copropriétaires, toi et moi, ensemble. Je pose juste une condition, c'est que tu finisses tes cours. Ça veut dire que ça ne se fera pas avant deux ans et demi. Ça peut sembler loin, mais, penses-y, ils sont rares les jeunes qui possèdent un commerce à 19 ans. Un commerce qui fonctionne bien et qui a déjà une clientèle.

Ben est encore trop estomaqué pour acquiescer. Il s'est toujours douté qu'un jour ou l'autre le magasin lui reviendrait, mais en héritage, à la mort de son père. Et comme celui-ci a une excellente santé, ce n'était pas pour demain.

Un peu pour prouver à son fils que son intention est ferme, monsieur Ladouceur lui confie la quincaillerie.

— Bon, il est pas mal tard et je n'ai pas encore soupé. Tu barreras la porte dans une dizaine de minutes. Je viendrai balancer la caisse après.

Seul dans le magasin, Ben considère d'un autre œil les étagères recouvertes d'outils et de matériaux divers. Tout ça va bientôt lui appartenir. Deux ans d'études, encore deux ans! L'adolescent se promet de les réussir. C'est à cet instant qu'une envie folle et irrésistible de communiquer sa joie le saisit tout entier. Il allonge vivement la main vers le téléphone et compose le numéro de sa blonde.

— Sonia! Tu ne devineras jamais ce qui m'arrive. Je flotte, c'est supertrippant. Écoute...

Installé au volant d'une Honda Civic bleu métallique flambant neuve, Robert Langlois frissonne. Ça y est, il a sauté la clôture. Ce pas répréhensible dont il avait toujours reculé l'échéance est désormais accompli. Un vague remords le harcèle. Il le repousse brusquement en se mentant à lui-même.

«Tant pis pour eux! S'ils avaient été corrects avec moi, aussi, ça ne se serait pas passé de même.

Tout ce que je voulais c'était une job, tabarnac, une job. Ça ne leur coûtait pas cher de m'en donner une. Les hosties!»

Bifurquant vers la droite, il quitte le croissant St-Rock et s'engage sur Dodgson où il se stationne au bout de quelques mètres. Là, il cherche à se calmer, mais la drogue qu'il a prise l'excite. Ne serait-il pas plutôt en train de rêver? Cette voiture n'existe pas, il ne l'a pas vraiment volée. Non, il ne voulait pas voler, seulement se venger.

Il se rappelle vaguement s'être emparé, tôt ce matin, de tout l'argent de la maison et du compte d'électricité, parce qu'il désirait le payer. Oui, c'était bien son intention. Alors, pourquoi le compte est-il encore dans ses poches, non payé, et pourquoi ne lui reste-t-il presque plus un sou? Parce que, avant de se rendre à la banque, il s'est arrêté à son ancien lieu de travail, le conces- sionnaire au coin de la rue des Églantiers. Il espérait pouvoir convaincre son ex-patron de le réembaucher.

Peine perdue! Malgré ses explications et ses supplications, l'employeur n'a rien voulu savoir. Durant l'entretien, l'homme s'est éloigné quelques minutes pour régler un problème avec un vendeur. Robert a machinalement glissé ses doigts jusqu'aux clés déposées sur le bureau et en a pris une, au hasard. Quand le patron est revenu, la clé était bien dissimulée dans la main de Robert. Il a tourné le dos au directeur des ventes sans dire un mot. Dans la rue, il était trop tard pour reculer.

Il s'est éloigné de quelques pas, a contourné le stationnement et a vite repéré la voiture correspondant à la clé. Après ? Après, il roulait vers le centre-ville de Montréal à bord d'une luxueuse deux portes. Il ne se rappelle pas la tête du *pusher* qui lui a fourni ce dont il avait besoin. Ensuite il ne sait plus très bien où il a erré.

Ce qui compte, c'est maintenant. Il est de retour dans son quartier, le Faubourg St-Rock, et deux enfants l'attendent à la maison. Quand il rentrera chez lui, la petite Marie-Ève va le scruter avec des yeux boudeurs et son fils lui reprochera encore de gaspiller l'argent de la famille.

— Oh ! Maxime, Maxime, râle-t-il avec colère, toi et ton air fendant ! Tu te penses meilleur que tout le monde. Tu supposes tout le temps que je ne peux rien faire de valable, que je suis incapable d'apporter de l'argent à la maison. Attends, toi, je vais te le montrer, ce que je vaux. Tu en veux de l'argent, tu vas en avoir !

Robert Langlois bondit hors de l'auto et trépigne un moment sur le trottoir. Puis, il tâte l'une après l'autre les poignées de portes des maisons et des commerces autour de lui. Elles sont toutes verrouillées sauf une. Le sang bat violemment à ses tempes lorsqu'il pousse la porte. Il halète, ses mains frémissent. D'un pas mal assuré, il passe entre deux rangées remplies de vis, de clous, de pentures et se dirige vers la caisse.

Il ouvre le tiroir et constate qu'on a enlevé le plateau à compartiments qui contient l'argent. De plus en plus fébrile, il cherche des yeux autour de lui. Son regard est attiré par une porte béante. Elle mène au bureau du propriétaire du magasin. C'est là que l'argent doit se trouver, Robert en est convaincu.

Oui, c'est bien là, sur le meuble près du mur du fond, que l'argent est déposé. Robert s'en empare avidement. Espérant en recueillir davantage, il fouille les tiroirs débordant de paperasses. Dans le dernier, il tombe sur une découverte inattendue : un revolver. Il le tourne et le retourne dans ses mains, indécis.

Un bruit dans le magasin le force à se dissimuler derrière la porte. Un homme entre dans la pièce, sans se douter de la présence de l'intrus. Il s'arrête devant le bureau, grogne des paroles incompréhensibles en apercevant les tiroirs dévastés et pivote tout d'un bloc pour lancer un appel.

Robert panique car l'homme, stupéfait, lui fait face. Tout va très vite, trop vite pour Robert. Le revolver tire tout seul, une fois, deux fois. Il a à peine conscience de sa course maladroite vers la sortie. Le vacarme des différents objets qui chutent sur son passage augmente son désarroi.

Angoissé, il se précipite dans la voiture et démarre à vive allure. Où est-il ? Que fait-il ? Il l'ignore. Son cerveau se contente de filtrer les sons et les ombres autour de lui. Il brûle des feux rouges, croise des phares aveuglants. Il perçoit des crissements de pneus semblables à des hurlements. Et cette sirène, est-ce qu'elle le pourchasse ? Le pied écrasé à fond sur l'accélérateur, les doigts crispés sur le volant, Robert fonce désespérément entre les obstacles.

Son automobile s'écarte de la route, saute le trottoir, heurte le parapet qui sépare le croissant St-Rock du terrain de la gare et effectue quelques tonneaux avant de s'écraser contre un mur de ciment. La voiture des policiers qui tentaient de l'intercepter freine sur le bord du chemin. Les agents en sortent lentement et éclairent avec leur lampe de poche le tas de ferraille agglutinée non loin d'eux.

— On va avoir besoin des pinces pour le sortir de là!

— Ouais, ça ne sera pas beau à voir…

Ben sursaute violemment. Les oreilles aux aguets, il épie le silence subit après ces deux coups de tonnerre. Figé sur place, il se convainc qu'il n'y avait rien de naturel là-dedans. Abandonnant son livre de biologie, il se rend à la cuisine.

— Papa! Papa! As-tu entendu?

La cuisine étant vide, il poursuit jusqu'à la quincaillerie. Le désordre qui règne entre deux étagères et la porte extérieure grande ouverte éveillent ses craintes. Il sort vivement et entrevoit, au loin, une voiture qui s'éloigne à toute vitesse. Il rentre et appelle de nouveau:

— Papa! Où es-tu?

D'instinct, il se dirige vers le bureau. Il tourne le commutateur et une lumière crue éclaire le corps de son père allongé sur un filet de sang. L'adolescent recule de quelques pas. Il n'a aucun doute. Un voleur vient de tirer sur son père. Et la voiture qui fuyait est reliée à cette attaque sauvage. Mais l'agresseur est sûrement loin. Ben s'approche de son père, n'ose pas le toucher, piétine sur place, ne sachant comment l'aider.

Il attrape finalement le téléphone et compose le 9-1-1.

3

Maxime a passé une nuit d'enfer. Vers 3 h du matin, des policiers sont venus le réveiller en frappant à sa porte. Encore heureux que Marie-Ève ait continué à dormir pendant leur visite! Deux grands types dans leur uniforme marine voulaient absolument parler à la mère de l'adolescent. Ça les a embêtés qu'elle soit morte. Ils ont alors cherché un autre adulte, une tante, une grand-mère, un oncle, n'importe qui de 18 ans et plus.

Ils étaient bien déçus d'apprendre que sa petite sœur et son père étaient sa seule famille. Ou plutôt qu'il ne lui restait plus maintenant que sa sœur. Car c'est de cela qu'ils venaient l'informer : du décès de son père dans un accident de voiture. Maxime a bredouillé que c'était impossible ; son père ne possède pas de voiture. Il ignorait que Robert Langlois avait eu la brillante idée d'en voler une. Du même coup, Maxime a aussi appris que son père s'était déniché un revolver, qu'il avait de la drogue sur lui et de l'argent plein les poches. Interrogé, l'adolescent a affirmé ne pas savoir d'où provenait cet argent et que jamais il n'avait vu une arme à feu dans le logement. Les policiers ont refusé de lui confirmer que son père avait tiré sur quelqu'un ; ils ont changé de sujet. Eux, ils ne se présentaient pas ici pour ça. Ils venaient seulement aviser la famille.

Quand ils sont partis, Maxime aurait dû éprouver du chagrin, mais il ne ressentait que de la rogne contre son père : ça ne lui suffisait pas d'être un dopé, en plus il était un voleur et peut-être même un assassin ! Mais en même temps, l'adolescent s'est senti soulagé. Ils allaient peut-être pouvoir vivre en paix, dorénavant, Marie-Ève et lui. Plus personne pour leur piquer leur argent. Plus personne pour les bousculer ou les engueuler.

Maintenant, il faut seulement que Max réussisse à convaincre la travailleuse sociale qui doit passer après la classe qu'il peut se débrouiller seul et s'occuper correctement de Marie. Sinon ils sont bons pour la famille d'accueil.

Ça ne l'intéresse pas de se retrouver n'importe où avec n'importe qui. Depuis déjà longtemps, il veille scrupuleusement sur sa sœur. Il est convaincu de pouvoir continuer sans l'aide d'étrangers.

Le problème, c'est qu'ils sont deux mineurs orphelins, donc pas très responsables aux yeux de la loi. Comme s'il n'y avait que l'âge qui comptait pour devenir raisonnable ! Son père aurait eu besoin d'une éternité pour y parvenir. Qu'il se considère comme chanceux, car à présent il l'a devant lui, l'éternité!

Maxime réfléchit à la meilleure façon de prouver à la travailleuse sociale qu'il est sérieux et apte à diriger sa petite famille. Il établira d'abord un bilan de ses finances. Il calculera combien il gagne à l'épicerie et avec la livraison de journaux, plus l'allocation familiale. Il fera ensuite la liste de leurs dépenses. Elles ne sont pas exorbitantes, surtout avec un goinfre en moins. Après, il faudra qu'il démontre qu'il est un garçon sage. Dommage que ses notes aient baissé dernièrement, ça aurait été un bon point pour lui. Il se dit qu'il pourrait peut-être inventer une petite histoire là-dessus: son père l'empêchait d'étudier parce que patati, patata…

Le moment le plus pénible vient avec le réveil de Marie. Maxime a hérité de l'horrible tâche de l'informer. Elle lui darde un regard comme s'il était coupable de la mort de leur père. Silencieuse, elle boude jusqu'à ce que son frère la laisse devant son école. Là, elle lui lance au visage:

— Si tu ne te chicanais pas tout le temps avec papa, il ne serait pas parti et il n'aurait pas eu d'accident. O.K.?

Et elle court vers l'entrée. Maxime se dit qu'elle est trop petite pour comprendre, mais ça viendra bien un jour…

En attendant, il faut qu'il se prépare à affronter la travailleuse sociale. En s'y prenant correctement, il devrait réussir à garder Marie.

C

Antoine Dubuc soupire d'exaspération. Habiter une banlieue n'a rien de particulièrement plaisant aux heures de pointe. Bloqué dans sa voiture à quelques mètres de l'entrée du pont Jacques-Cartier, il réfléchit à un problème de conscience qui s'impose de plus en plus à lui. Que peut-il accomplir, lui, simple professeur d'informatique de l'école secondaire La Passerelle, pour venir en aide à un de ses élèves ?

Les traces de mauvais traitements sur ce jeune sont trop évidentes. D'une maigreur inquiétante, les yeux cernés, il semble toujours épuisé et ne parvient pas à suivre les cours. L'autre jour, il s'est même endormi en pleine classe. Déjà, cela devrait suffire à alerter le professeur, mais il y a encore autre chose. Ce garçon, qui a toujours eu des notes de loin supérieures à la moyenne, se dirige vers un échec.

Sans quitter la route des yeux, monsieur Dubuc prend la première des feuilles déposées sur le siège à côté de lui. À la lumière du soleil matinal, il voit bien que ce chiffon de papier a été maintes fois effacé pour être utilisé de nouveau.

— Même pas les moyens de se payer des feuilles neuves ! murmure l'enseignant.

Son regard s'attarde un instant sur le nom griffonné à l'en-tête : Maxime Langlois. Maxime, le garçon brillant que tous citaient en exemple. Il y a deux ans, quand il était professeur de mathématiques en première secondaire, Dubuc l'avait remarqué pour son intelligence et la finesse de ses raisonnements. Depuis Noël, un changement subit et radical projette le jeune au niveau des cancres de la classe. L'enseignant avait d'abord cru à un problème de drogue mais, à la lecture d'un article paru dans le journal sur les méfaits du manque de nourriture sur l'apprentissage, la vérité lui a sauté aux yeux. Cet enfant vit dans la misère et ne doit pas manger à sa faim tous les jours. Pour un jeune en pleine croissance, c'est dramatique.

La même question revient à l'esprit de Dubuc : « Mais qu'est-ce que je pourrais bien faire pour l'aider ? Lui payer le lunch tous les midis ? » L'enseignant n'aurait rien contre, cependant il doute que Maxime accepte. Ça blesserait son orgueil. L'insulter ne ferait que compliquer les choses. Une bonne discussion avec le directeur sur le cas Langlois permettrait peut-être de découvrir une personne-ressource mieux habilitée que lui pour régler ce problème.

La route se dégageant peu à peu, monsieur Dubuc suit la circulation et traverse le pont vers Montréal. Une nouvelle à la radio éveille sa curiosité. Il monte le volume.

« ... tentative de meurtre dans le Faubourg St-Rock. Vers 22 h, hier soir, monsieur Albert Ladouceur, un commerçant, propriétaire d'une quincaillerie de la rue Dodgson, a été tiré à bout portant à deux reprises. Transporté aux soins intensifs de l'hôpital St-Rock, il repose toujours entre la vie et la mort. Au cours de la nuit, les policiers ont procédé à l'interrogatoire du fils de la victime, principal témoin dans cette affaire. Aucune trace d'effraction n'ayant été découverte sur les lieux, les enquêteurs soupçonnaient d'abord un proche de la victime. Il semblerait pourtant que cette agression soit reliée à un autre incident survenu dans le même secteur, environ au même moment.

« En effet, une voiture roulant à vive allure et ayant été prise en chasse par les policiers a percuté contre un pilier de ciment aux abords de la gare. Dans les débris de la voiture du conducteur, qui a été tué sur le coup, les policiers ont découvert une liasse de billets de banque et un revolver qui pourrait bien être l'arme du crime de la rue Dodgson. Seule une enquête balistique permettra de confirmer cette supposition. Le vol serait probablement le motif de ce crime.

« Météo : ennuagement graduel en fin de soirée et risque de neige pour cette nuit… »

Dubuc baisse le volume. Il est touché par cette information. À deux ou trois reprises, il s'est rendu à la quincaillerie Ladouceur. Pas plus tard que la semaine dernière, il y a acheté des tuiles de céramique pour sa salle de bains. Le quincaillier avait pris son temps pour bien lui expliquer comment les poser. Dubuc avait apprécié ce service personnel qui ne se retrouve pas toujours dans les grands magasins. De plus, le fils du marchand est un élève de sa classe, Benoît. Un garçon qui ne tient pas longtemps en place.

L'enseignant songe que cela doit être tout un choc pour l'adolescent. Il souhaite pour Benoît que son père se rétablisse.

C

Sonia retourne pour la ixième fois ce matin à la case de Ben. Connaissant le code du cadenas par cœur, elle l'ouvre, mais n'aperçoit ni les bottes ni le blouson de son ami. Déçue, elle referme la porte et se rend de nouveau au téléphone dans le hall d'entrée. L'un après l'autre, elle essaie le numéro de la maison de Ben et celui de la quincaillerie. N'obtenant pas de réponse, elle revient à la cafétéria où Caroline l'attend.

— Et puis ? s'enquiert celle-ci.

— Pas là ! soupire Sonia. Pas moyen de joindre personne. Même son père n'est pas là.

— Ils sont peut-être partis chez un notaire, suggère son amie.

— Voyons donc, c'est seulement à la fin de son secondaire qu'il va devenir propriétaire de la quincaillerie. Ils ne peuvent pas régler ça maintenant.

Caroline fait une moue dépitée. Elle ne cherchait qu'à trouver une solution. Elle baisse le nez sur son lunch, Sonia l'imite. Elles restent silencieuses un court moment. Relevant les yeux, Caro aperçoit Stéphane qui fait son entrée dans la cafétéria avec trois jeunes de sa classe.

— Oh! Il est encore avec eux, marmonne Caroline.

— Pourquoi est-ce que ça te dérange que ton prince charmant se tienne avec ces gars-là?

— Ce n'est pas que ça me dérange. C'est que… je me sens mal à l'aise avec eux. Ce n'est pas ma gang. Des fois, j'ai l'impression qu'ils me prennent pour un bébé. Ça m'énerve.

— C'est vrai qu'ils sont un peu plus vieux que nous. Eux, ils terminent cette année leur secondaire. Nous, on a encore deux ans à souffrir.

— Ça paraît qu'ils finissent cette année! s'exclame Caro. Ils sont stressants avec leur choix de cours pour le cégep. Tu devrais les entendre: «Moi, je ne vais pas à tel collège, parce que c'est trop *nerd*. Je préfère l'autre cégep, ça bouge plus là-bas. Et toi, viens-tu à la même place que moi?» J'ai parfois l'impression qu'ils se choisissent une discothèque pour le samedi soir. Ils sont supposés être plus vieux et plus fins, mais ils ont juste l'air plus *twit*. Moi, je le sais, ce que je veux faire plus tard. Le choix du cégep m'importe peu. Ce qui compte, c'est le cours. Dessinatrice publicitaire! C'est un métier d'avenir, il y en aura toujours, de la publicité… Et toi, as-tu une idée?

— Hummm, non… mais j'ai encore du temps pour me décider. Tiens, ton beau Stéphane daigne lâcher l'inséparable quatuor des trois mousquetaires pour te rendre visite.

Stéphane s'approche effectivement des jeunes filles. Même si, officiellement, il sort encore avec Caroline, il la délaisse de plus en plus souvent pour se tenir avec des élèves de son niveau. Aussi, c'est avec un peu de froideur que Caro l'accueille. Il ignore cette attitude négative et lui plaque un bec sonore sur la bouche. Malgré son sourire, Sonia perçoit une certaine gêne au fond des yeux du garçon. Il demande aux filles comment elles vont, mais c'est à Sonia qu'il s'adresse plus particulièrement.

— Pas trop découragée après cette nuit?

Elle semble tomber de la lune.

— Découragée? De quoi?

— Tu sais... à cause de ce qui arrive à Ben.

— Pourquoi ça me découragerait que Ben devienne propriétaire de la quincaillerie de son père?

Stéphane reste bouche bée, il cherche à faire le point dans son esprit. De toute évidence, Sonia et lui ne parlent pas du même événement. Il se rend compte alors que Sonia ignore tout, sinon elle ne réagirait pas ainsi.

— Sonia, as-tu écouté les nouvelles à la radio, ce matin? Il y était question de Ben et de son père...

L'adolescente se sent pâlir. Les gens ordinaires ne font jamais la manchette dans les bulletins de nouvelles, sauf en cas de malheur. Stéphane poursuit avec douceur:

— Je pensais que tu le savais. Il est arrivé quelque chose de pas très intéressant, d'assez pénible même, pour Ben. Il paraîtrait qu'un voleur a attaqué le magasin. Il a tiré sur monsieur Ladouceur... Son état est critique.

Sonia est chavirée. Hier soir, vers 21 h, quand Ben l'a appelée, il semblait si heureux. Comment se fait-il que, si peu de temps après, une catastrophe semblable lui soit tombée dessus? C'est donc pour cette raison qu'il n'y a personne à la maison ni au magasin. C'est ce qui explique l'absence de Ben. Elle s'inquiète pour son ami. Le connaissant, elle l'imagine complètement paniqué.

Parmi les jeunes de troisième secondaire, la nouvelle se répand comme une traînée de poudre enflammée. Le bouche-à-oreille fonctionne bien à La Passerelle! Il faut avouer que le vendredi après-midi, n'importe quel fait divers apparaît plus passionnant que les matières scolaires. Alors, une histoire de meurtre provoque inévitablement d'énormes remous.

Certains, doutant de l'hypothèse du voleur ou l'ignorant plus ou moins volontairement, accusent malicieusement le fils indigne, pressé de toucher son héritage. D'autres prennent faussement sa défense en alléguant qu'il serait incapable d'agir ainsi parce qu'il est trop niais pour y penser. Tout ce battage de langues sales et colporteuses de vérités erronées blesse Sonia. Cela renforce ses appréhensions sur les rapports de Ben avec ses camarades. Ses deux années de plus qu'eux poussent Ben à se comporter souvent en marginal. Autant il s'isole parfois des autres, autant il cherche régulièrement à les provoquer par des blagues idiotes. Une telle attitude n'attire pas l'amitié.

Sonia songe que les gens sont des requins, des vautours. Lorsque quelqu'un affronte une épreuve, ils en profitent toujours pour l'achever.

Assise à son pupitre dans le fond de la classe, elle contemple le bout de son crayon en espérant le début du cours et la fin des commérages. Autour d'elle, il y a des rires et des réflexions sarcastiques. Caroline, sa voisine de gauche, ne sait que dire pour la réconforter. Elle aussi trouve exagérée la réaction de certains élèves.

Maxime, installé au premier rang, écoute, sans en avoir l'air, les propos rapportés au sujet de l'attaque de la quincaillerie. Au fur et à mesure qu'il accumule des renseignements, une déduction affreuse germe dans son cerveau. Il épie du coin de l'œil la place vide de Ben, juste à côté de lui. Un malaise indéfinissable s'empare de Maxime, le paralyse. Comment chasser ce cauchemar?

Reprenant le contrôle de lui-même, il se redresse et marche jusqu'à Sonia. D'une voix émue, il chuchote:

— Quand tu verras Ben, dis-lui que je suis désolé, vraiment désolé pour son père.

Il pivote et retourne à sa place sans attendre de réponse. Il ne voit pas l'ébahissement de Sonia; il n'entend pas la remarque de Caro: «Lui, il est fin...»

Il se rend à peine compte que le cours débute.

4

Le corridor jaune soufre qui s'étire sur une rangée de chaises inconfortables n'inspire que la souffrance. Le service d'urgence de l'hôpital St-Rock se répartit de part et d'autre de ce couloir lugubre. Le traversant vivement, quelques employés poussent une civière occupée par un blessé. Un patient âgé, retenant d'une main tremblante une jaquette qui refuse de le couvrir convenablement, erre à la recherche d'une infirmière. Une femme respire bruyamment comme si ses poumons empêchaient l'air d'entrer. De jeunes enfants pleurnichent en s'accrochant à un parent.

Assis au milieu de tous ces gens, Benoît reste prostré, les bras croisés, les yeux fermés, replié sur lui-même. Un insoutenable mea-culpa retentit dans sa poitrine. Par ma faute, par ma très grande faute...

« Si seulement je l'avais écouté. Ce que je peux être idiot, épais! J'avais juste à barrer la porte. Ça a l'air que je suis trop sans-dessein, même pour une niaiserie pareille. Mais à quoi je pensais, donc ? Ce n'était pas compliqué, un petit clic et personne n'aurait pu entrer. Les policiers pouvaient bien croire que j'étais responsable. Responsable d'être débile, de ne penser à rien ! »

— Monsieur Ladouceur ?

Benoît ouvre les yeux et aperçoit une infirmière qui l'invite à la suivre dans une salle. Un médecin d'une quarantaine d'années, l'air fatigué, avale à petites gorgées un café brûlant. Il n'est pas le genre à mettre des gants blancs. Sans détours, il décrit dans son jargon médical le cas Ladouceur.

L'adolescent en retient que, finalement, son père a eu de la chance. Ses organes vitaux ne sont pas atteints. Le hic, c'est la colonne, partiellement touchée. Le docteur est incapable de prévoir quelles en seront les conséquences.

— On ne saura s'il peut encore marcher que lorsqu'il se réveillera. Et ça peut prendre un certain temps parce qu'il est entré dans le coma.

— Mais ça signifie qu'il va mourir, s'inquiète Ben.

— Non, non, il ne s'agit pas d'une mort cérébrale, juste un état comateux ou un faux coma, si tu préfères. Il va être nourri par intraveineuse tant qu'il n'en sortira pas. Enfin… c'est une question de temps.

Le choc de sa vie, Maxime le reçoit de retour chez lui. S'il était arrivé une demi-heure plus tôt, peut-être aurait-il pu éviter l'irréparable. Il fallait pourtant qu'il passe par l'épicerie pour prévenir le propriétaire qu'il ne pouvait pas travailler. Il a simplement eu à lui dire que son père était mort et l'homme lui a donné congé pour la fin de semaine. Mais ce détour l'a retardé et empêché de s'opposer au départ de sa sœur.

Il ne l'a même pas vue avant qu'ils l'emmènent. Mais qu'est-ce qu'il aurait pu y changer? Tout était déjà préparé d'avance. En entrant dans l'appartement, la première personne qu'il aperçoit, c'est le concierge. Il met toujours son nez de fouine dans les affaires des autres. Trop content de se débarrasser de cette famille, il s'était empressé d'ouvrir la porte à la travailleuse sociale. Il l'avait même aidée à ramasser leurs effets personnels. Maxime croit surtout qu'il devait espérer pouvoir piquer quelque chose.

L'adolescent n'a aucune confiance en ce vilain bonhomme qui a déjà essayé de lui extorquer l'argent du loyer en le faisant payer deux fois. C'est pourquoi Maxime réagit aussi mal : cet homme n'a rien à faire dans leur logement. La travailleuse sociale se présente, mais l'adolescent ne l'écoute pas. Il répète seulement au concierge de sortir, qu'il n'est pas chez lui. L'homme réplique qu'il ne va pas se laisser parler ainsi par un jeune morveux et se met à déblatérer contre Maxime et contre son père : le loyer toujours payé en retard, une famille de *bums*, un fils de voyou…

La travailleuse sociale lui coupe la parole pour informer Maxime qu'une famille d'accueil temporaire va l'héberger dès aujourd'hui et qu'ils doivent partir immédiatement. L'adolescent s'inquiète pour sa sœur, expliquant qu'il faut l'attendre. Trop tard, Maxime, trop tard. Marie-Ève est déjà rendue dans une famille d'accueil, une autre que celle où le garçon doit aller. Dans la tête de Max, ça se met à tourner, le pire est accompli. Le bilan financier, bien rangé au fond de son sac d'école, ne servira jamais à convaincre qui que ce soit qu'il pourrait s'occuper seul de Marie, qu'il est un garçon responsable…

Le concierge se moque de lui. « Bon débarras », ricane-t-il. Maxime devient fou de rage. Il faut qu'il lui écrase son air baveux contre le mur. Alors, il lui saute dessus. La travailleuse sociale crie. Le concierge se débat. Quand Max le lâche, l'homme se montre moins fanfaron avec son pif qui saigne. Il s'égosille comme un porc qu'on égorge, mais ses mains tremblent. Max lui a fait peur, et il n'en est pas peu fier !

Lorsque le concierge quitte enfin l'appartement, la travailleuse sociale rive sur l'adolescent des yeux pleins de courroux. D'une voix sèche, elle lui ordonne :

— À présent, Maxime Langlois, tu vas te calmer. Tes affaires sont prêtes. Il ne nous reste plus qu'à partir. On t'attend.

— On va aller rejoindre Marie ?

— Non, je te l'ai déjà dit. Ta sœur et toi, vous n'êtes pas au même endroit. Ne prends pas cet air-là! Penses-tu que c'est facile un vendredi après-midi de dénicher une famille d'accueil pour des enfants? Il n'y en avait aucune de disponible sur ma liste. Pour la fin de semaine, on se débrouille comme on peut. Lundi, je verrai ce que je peux trouver. Arrive!

Elle montre du doigt un sac vert qui contient les maigres possessions de Max pour qu'il le ramasse. Si elle croit qu'il va lui obéir sans vérifier s'il ne lui manque rien, elle se trompe. Il ignore son geste et scrute le logement pièce par pièce, tiroir par tiroir. Elle a fait un bon travail, il ne reste que les meubles qui ne leur appartiennent pas, puisqu'ils louaient meublé. Le réfrigérateur et le garde-manger sont vides.

La vaisselle et les ustensiles sont rangés dans des boîtes. En soupirant d'énervement, la femme lui apprend que, vu qu'il n'en aura pas besoin, ces articles de cuisine seront donnés à un organisme de charité, tout comme les vêtements de son père. Maxime s'étonne: il existe donc des gens encore plus pauvres qu'eux!

Cette femme a pensé à presque tout, mis à part la voiturette pour la livraison des journaux qui est dehors près de la porte arrière. Ça l'ennuie d'avoir à la mettre dans son automobile qu'elle ne veut pas salir. Mais, comme il n'est pas question que Maxime parte sans cet objet, elle accepte à contrecœur.

Le voyage s'effectue dans le silence le plus total de la part de Maxime. Il n'a rien à lui dire ou il en aurait trop. Cette femme, il la juge bête et stupide.

C'est ça, une intervenante auprès des jeunes en difficulté? Elle aurait pu s'informer de leurs besoins avant d'intervenir.

Il écoute d'une oreille distraite ce qu'elle lui explique sur la curatelle publique. C'est un organisme ou un service gouvernemental qui va se charger de la dépouille de son père. L'adolescent étant mineur, ce n'est pas à lui de s'occuper de l'enterrement. Et puisque son père n'avait pas un sou, il sera incinéré aux frais de l'État. Mais c'est le dernier des soucis de Maxime.

Elle stoppe sa voiture devant une petite maison minable de la rue du Marais. Maxime reste donc dans le quartier. Comme si elle devinait sa pensée, la travailleuse sociale commente:

— J'ai eu de la chance de te trouver une place dans le Faubourg. Tu vas pouvoir continuer à aller à la même école.

Que signifie cette remarque? Qu'il va demeurer ici longtemps, plus longtemps qu'il ne l'avait d'abord cru? Un homme au visage dur leur ouvre la porte. De toute évidence, il n'est pas content. Sans se préoccuper de Maxime, il critique sa présence. L'adolescent le dérange. C'est seulement pour dépanner qu'il l'accepte, mais le garçon est mieux de filer doux. Pour compliquer les choses, la travailleuse sociale lui dit qu'il ne devrait pas y avoir de problème puisque Max s'est calmé. Ça veut clairement dire qu'avant, il n'était pas calme. L'homme pige tout de suite l'allusion. Il se tourne vers Maxime pour daigner enfin lui adresser la parole.

— Écoute bien, le jeunot. Je n'endurerai pas la moindre bêtise de ta part. Les *flos* qui se prennent pour d'autres, j'en ai déjà cassé plusieurs. Tu veux jouer dur? Je peux l'être plus que toi. Ici, tu prends ton trou et tu n'écœures personne. Enlève tes bottes et attends que je te dise où t'installer.

Maxime sent que ça va être follement amusant, ici!

La travailleuse sociale s'éclipse sur une vague promesse de chercher une autre famille d'accueil et l'abandonne dans la cage aux lions. Max, qui ne se doutait pas qu'il existait un lionceau pire que le père, voit apparaître un jeune homme dans le cadre de la porte qui donne sur le salon.

— Va encore falloir que je partage ma chambre avec un pourri. Envoye, suis-moi.

Sans répondre à l'insulte, Maxime transporte son sac jusqu'à la chambre. Elle est suffisamment vaste pour contenir un sofa en plus du lit. C'est sur ce meuble inconfortable qu'il passera la nuit. Le père, qui les a rejoints, lui lance un sac de couchage et l'avertit:

— On soupe dans une demi-heure, aussitôt que ma femme sera revenue de son travail. Je ne courrai pas après toi pour que tu manges. Si ça t'intéresse, tu te présentes la face dans la cuisine. Et après le repas, tu t'installes sur le sofa pour tes devoirs.

Cette attitude brusque fige Maxime. Il a mal à la tête. C'est vrai qu'il n'a presque rien mangé ce midi. Au moins, il pourra se reprendre ce soir. L'homme poursuit sur le même ton:

— Qu'est-ce que c'est que cette espèce de brouette que tu as laissée sur le balcon? Ce n'est pas un entrepôt de bébelles, ici!

— C'est ma voiturette. Je suis camelot pour le journal…

— Oublie ça pour le temps que tu passes chez moi. Je n'ai pas envie de me faire réveiller avant le lever du soleil pour te surveiller.

Il quitte la chambre sans permettre aucune discussion. Maxime doit pourtant livrer ses journaux. Il doit aussi avertir le responsable de son changement d'adresse. Il tend la main vers le téléphone posé sur le bureau de la chambre. Le jeune homme est plus rapide que lui et plaque une main dessus.

— Woh, les moteurs! Où est-ce que tu t'imagines que tu es? Dans un endroit public? J'attends un coup de téléphone important, ça fait que ça s'appelle *pas touche*. Si tu veux parler à ta blonde, trouve-toi un autre appareil.

Maxime garde pour lui son explication. Inutile d'espérer un minimum de compréhension de cette famille qui ne souhaite que son départ. À défaut de pouvoir appeler, il se rendra en personne aviser le responsable du journal. Ce n'est pas si loin de là et Max a l'habitude de marcher.

5

«**M**audite travailleuse sociale bornée! Famille de chiens sales! Bande de pourris! Ils n'ont pas le droit de me faire ça. Ils n'ont pas le droit de m'enfermer.»

Maxime aurait beau s'égosiller, ça ne l'avancerait à rien.

La brillante idée qu'elle a eue, la travailleuse sociale, de le placer là! En arrivant dans la maison, il le sentait que c'était du monde croche. Pour Max, il n'était pas question d'abandonner ses livraisons de journaux. En quoi ça les dérange qu'il se fasse un peu d'argent? Selon eux, il devrait passer son temps assis sur le sofa, aussi immobile qu'un coussin. Ils exagèrent. D'abord le fils qui ne cesse de l'épier comme s'il allait partir avec ses affaires. Ensuite le père qui répète à qui mieux mieux que le garçon doit se montrer reconnaissant pour la charité qu'il lui fait. Avec la mère, ce n'est guère plus sympathique. Quand elle l'a vu, vendredi, elle a soupiré:

— Encore un autre!

Et elle ne lui a plus parlé depuis. Elle laisse toutes les décisions à son mari et elle ne prête aucune attention à l'adolescent. Pour elle, il n'existe pas. Il ne sollicitait pourtant pas grand-chose, juste qu'on lui permette de livrer ses journaux. C'est vrai qu'il est têtu. Après le souper, vendredi, au moment où personne ne pensait plus à lui, il est sorti. Il est allé avertir le responsable de secteur de son changement d'adresse pour la livraison du lendemain.

En remettant les pieds dans la maison, il a compris son erreur. Sa brève absence avait causé tout un émoi. Deux policiers notaient son signalement pour lancer un avis de recherche. Il venait de commettre une fugue! Heureux hasard, les agents de police étaient ceux-là mêmes qui lui avaient annoncé la mort de son père le jour précédent. Ils se souvenaient très bien de lui.

Maxime a été harcelé de questions sur ses déplacements de la soirée. Il croit que la présence des représentants de la loi a calmé la fureur de son généreux tuteur temporaire, qui l'a abreuvé de reproches et de recommandations. Mais il lui a finalement accordé la permission d'effectuer sa tournée matinale, pour la fin de semaine uniquement, histoire de terminer sa semaine et de signaler à ses clients qu'il y aurait un changement. Maxime en a profité pour lui glisser que le dimanche il devait sortir deux fois. La première, pour porter le journal; la deuxième, pour ramasser l'argent.

Les policiers sont partis en insistant sur le fait qu'ils allaient vérifier ses dires et en lui conseillant de ne jamais quitter la maison sans prévenir.

Le lendemain a été plus calme. En revenant de sa tournée, Max a passé la majeure partie de la journée dans la chambre à étudier. C'est aujourd'hui, dimanche, que les choses se sont gâtées. Il a bien ramassé l'argent, mais, à la dernière maison, chez les Gélinas, il a craqué ; ses émotions ont pris le dessus.

Ces clients-là ne sont pas comme les autres. En décembre, ils ont commencé à s'intéresser à Maxime d'une façon toute spéciale. Ils ont deviné une partie de ses problèmes familiaux. Ils s'inquiètent pour sa sœur, lui donnent parfois des conseils. Bref, ils le considèrent comme un être humain.

Il les a avertis que le lendemain quelqu'un d'autre livrerait à sa place. Évidemment, il a dû les mettre au courant de la mort de son père. C'est à cet instant qu'il a flanché, quand ils lui ont demandé où se trouvait Marie-Ève. Que pouvait-il répondre ?

Ils l'ont invité à entrer pour en parler. L'adolescent avait bien peu à leur dire. Il a oublié le nom de la travailleuse sociale, sa sœur vit dans un endroit tout à fait inconnu de lui, il ignore quand il la reverra et où ils passeront le reste de leur vie. Le contrôle de la situation lui échappe totalement. Il a l'impression d'être enfermé dans une cage sur un bateau à la dérive. Il ne possède aucun moyen de mener sa barque. Ça le déboussole et l'irrite. Il s'est toujours débrouillé seul. Il a toujours agi comme il l'entendait. Maintenant, il a des comptes à rendre et à des gens qui ne lui plaisent pas du tout.

Il est cependant parti de la maison des Gélinas un peu réconforté. Madame Gélinas travaille habituellement pour le CLSC du Faubourg. Présentement, elle est en congé. Elle a accouché d'une petite fille, le premier janvier. Elle a promis à Maxime de contacter des gens qu'elle connaît à la Protection de la jeunesse pour se renseigner à propos de Marie. Elle pense connaître la travailleuse sociale qui les a placés. Elle aurait déjà eu affaire à elle à quelques reprises. Max espère qu'elle dit vrai. Il se tracasse tellement pour Marie.

« Pourvu qu'elle soit dans une meilleure famille que moi ! »

Il serait sûrement difficile de tomber sur une famille plus tyrannique ! Cet après-midi, Maxime a humblement imploré la permission de se rendre à la bibliothèque pour terminer un travail de recherche en géographie. Permission refusée ! L'homme avait-il peur que l'adolescent se perde en route ? Pourtant les travaux doivent être remis demain, sans faute. Plus Max essayait d'exposer son point de vue au bonhomme, plus ce dernier s'entêtait à refuser. Résultat, Maxime a dû battre en retraite dans la chambre. Il était de mauvais poil. L'idiot de fils l'a cherché et ça a dégénéré en engueulade.

Le père est intervenu et a pris la défense de son rejeton. Maxime s'est retrouvé dans la cuisine avec son sac d'école et l'obligation formelle d'étudier en silence. L'homme le surveillait du bout de la table en feuilletant son journal.

Quel beau dimanche! Maxime ignorait que le pire restait encore à venir. Dans la soirée, en entrant dans la chambre, il a aperçu son voisin de lit qui fouillait allégrement dans ses affaires. Max a protesté en exigeant qu'il ôte ses sales pattes de son sac. Le fils a accusé Maxime de lui avoir volé ses souliers neufs. Ce à quoi celui-ci a répliqué :

— Ce n'est pas parce que tu ne les retrouves pas que je suis coupable. Et qu'est-ce que j'en ferais, de tes souliers ? Tes pieds sont beaucoup plus longs que les miens.

Dans le temps de le dire, ils en sont venus aux coups. Le père est encore intervenu pour secourir son pauvre petit. Il a vidé tout le contenu du sac de Maxime par terre, ce qui aurait dû prouver qu'il n'avait rien à voir dans cette disparition. Les souliers n'y étaient pas, mais l'accusation a continué de planer au-dessus de lui. Ils s'imaginent peut-être qu'il s'amuse à cacher leurs biens. Le père, convaincu que cet adolescent ne causait que des problèmes à son fils, a décidé de les séparer. La sentence fut rapide : le nouveau venu irait dormir dans le sous-sol.

Ils l'ont eu! Ils l'ont bien eu! Maxime ne s'est pas méfié. Il a ramassé le sac de couchage et a commencé à descendre les marches, sans se soucier des ronchonnements de l'homme dans son dos. Il a haussé les épaules lorsqu'on a fermé la porte derrière lui. Puis, d'un seul coup, il a compris. On venait de l'enfermer dans la cave.

Maxime en a fait le tour. La seule issue qui donne à l'extérieur est verrouillée, tout comme la porte en haut de l'escalier. Ces gens voulaient avoir la paix, ils l'ont obtenue pour ce soir.

Pourquoi ne s'est-il pas enfui quand il le pouvait? À cause de Marie, sa petite Marie. S'il veut la revoir un jour, il ne peut pas disparaître. Couper le seul lien qui leur permettra d'être de nouveau réunis, c'est vouer à l'échec toute chance d'y parvenir. Et ce lien, c'est la travailleuse sociale. Il ne sait pas son nom, il ignore où elle travaille et où elle habite, mais il faut qu'un jour elle revienne le chercher ici, dans cette maison si peu accueillante. Alors, s'il part, il ne reverra plus jamais sa sœur.

Il s'enroule dans son sac de couchage à même le sol. Si seulement il pouvait dormir. Dormir et se réveiller après un simple mauvais rêve. Que tout redevienne comme avant!

«Oh! Papa! Mort, tu nous causes encore plus d'ennuis que vivant. Le fais-tu exprès pour nous emmerder autant?»

6

Monsieur Rémillard regarde d'un air distrait la pile de travaux de géographie sur son bureau. Du coin de l'œil, il a bien remarqué qu'un de ses élèves, celui qu'il jugeait le plus brillant au début de l'année, n'y a pas déposé le sien. Par réflexe, il le rappelle à l'ordre :

— Langlois, ta recherche !

Maxime, qui espérait passer inaperçu, baisse la tête et s'approche du professeur pour lui murmurer :

— Je ne l'ai pas faite.

— Tu le sais depuis trois semaines que l'échéance est aujourd'hui. Je ne vois pas quelle excuse tu pourrais inventer pour…

— Je voulais faire ce travail en fin de semaine, mais mon père est mort vendredi, j'ai été empêché.

L'enseignant observe son élève : les yeux cernés, le teint blême, il n'a pas dû dormir beaucoup ces derniers temps. Rémillard griffonne un bout de papier et le tend à l'adolescent.

— Descends à la direction, ils vont s'occuper de toi.

Sans un mot, Maxime a trop mal à la tête pour discuter, il quitte la classe. En bas, il s'arrête devant le bureau de la secrétaire de madame Visvikis, la directrice adjointe. L'employée délaisse son clavier d'ordinateur pour vérifier la raison de la présence du jeune.

— C'est pour une question de discipline?

— Euh… juste un travail non remis.

— C'est bien ça : discipline. Assieds-toi, je préviens l'adjointe.

Quelques minutes plus tard, l'imposante Visvikis l'invite d'un geste hautain à pénétrer dans son domaine, un bureau aux meubles sombres et massifs, conforme en tous points au caractère de l'austère directrice adjointe. Le parfum lourd qui imprègne l'endroit amplifie le mal de tête de Maxime. Debout derrière une chaise, les mains agrippées au dossier, il serre les dents pour combattre la douleur.

— C'est bien pour un travail non remis? questionne la femme.

Maxime n'a qu'un imperceptible hochement de tête qui suffit à lancer Visvikis dans un long sermon sur la ponctualité, l'exactitude et le soin que l'on doit montrer pour accomplir ses tâches. Maxime baisse le front et ferme les yeux. Il laisse passer l'orage. Ce que cette femme peut raconter ne l'intéresse pas. Elle finira bien par se taire lorsqu'elle aura épuisé ses jérémiades. Il n'entend que le battement lancinant qui agresse l'intérieur de son crâne. Les derniers mots que la femme prononce avant de le mettre à la porte se perdent dans la brume de son cerveau.

— Après la classe, tu te présenteras au local 216 pour la retenue.

Il prend machinalement le papier vert qu'elle tient sous son nez et sort sans dire un mot. Dans l'escalier, arrivé au premier palier, il s'adosse au mur pour éviter de tomber. Il se sent étourdi, sa tête explose à chaque pas. Il se souvient qu'il n'a rien mangé depuis hier soir. Ce matin, il n'était pas question de déjeuner. Quand on l'a enfin libéré de la cave, il a à peine eu le temps de se rendre à l'école au pas de course. De plus, il n'a pas réussi à fermer l'œil de la nuit : un plancher de ciment, c'est dur comme matelas, et pas très chaud !

En voulant passer la main dans ses cheveux, il se rend compte qu'il tient encore le papier de Rémillard. Il ne l'a même pas montré à Visvikis. Sans le lire, il le laisse tomber, ainsi que l'avis de retenue et il redescend, bien décidé à sortir de ce lieu déprimant. Il ignore qu'il laisse derrière lui un message qui ne visait nullement à lui attirer une punition :

« Élève malade et incapable de suivre les cours à cause d'un décès dans sa famille.

F. Rémillard »

Debout, près de la clôture, Maxime se moque totalement de la neige fine et légère qui tombe autour de lui. Depuis sa fuite de l'école, ce matin, il a erré au centre commercial. Après avoir acheté un sandwich et des cachets d'aspirine (il s'est empressé d'en avaler quatre), il se sent mieux. Il peut enfin réfléchir et tâcher d'y voir clair. Si Marie-Ève demeure toujours dans le quartier, elle fréquente sûrement la même école primaire.

Surmontant ses appréhensions, il y entre en se faisant le plus discret possible. Jusqu'à la salle bruyante où dînent une cinquantaine d'enfants, il ne rencontre personne. L'écho des rires et des cris des jeunes ravive le bourdonnement qui le harcelait, il y a une heure à peine. Il accroche une petite fille par le bras et, sur un ton sec, lui demande si elle a vu sa sœur.

— Non, répond-elle en se débattant, elle ne mange pas ici aujourd'hui.

S'étant libérée, elle repart en courant, abandonnant ce grand fatigant à ses interrogations. Maxime juge qu'il est inutile d'insister. Il retourne sur ses pas, tête basse. Dans le corridor, quelqu'un lui barre le chemin.

— Il me semblait bien que je t'avais reconnu. Viens dans ma classe, on va parler !

Mademoiselle Loiselle, la vieille institutrice de deuxième année, laisse filtrer un sourire parmi ses rides. Maxime se souvient que, lorsqu'il était dans sa classe, plusieurs de ses camarades se moquaient d'elle à cause de son incroyable maigreur. Cela la poussait souvent à se montrer plus sévère que nécessaire.

Maxime la suit dans l'espoir d'obtenir des nouvelles de sa sœur. Tandis qu'elle s'installe à son bureau, il prend place sur un pupitre : les chaises sont beaucoup trop basses pour lui. Une question lui brûle les lèvres, mais, par orgueil, il la retient. Ce besoin qu'il a de ne jamais montrer aucune faiblesse, même quand il n'en peut plus, le force à lever le menton et à attendre que ça passe. Que tout passe… même les paroles de cette vieille femme.

— Ce matin, Marie-Ève m'a appris le décès de votre père. Je m'étais rendu compte, vendredi, qu'elle ne filait pas du tout. Je compatis à votre chagrin. Je suis désolée pour les… inconvénients que cela vous cause à tous les deux.

Elle cherche ses mots pour ne pas attrister davantage son ancien élève. Son cœur n'est pas insensible aux malheurs des jeunes Langlois. Elle en sait d'ailleurs beaucoup plus long sur leur sort que Maxime ne peut l'imaginer.

— Ta sœur va bien, ne t'inquiète pas. Oh ! Elle s'ennuie de toi et supporte difficilement que vous soyez séparés. Je lui dirai que je t'ai vu. De toute façon, votre séparation est temporaire, c'est seulement en attendant de trouver une autre famille qui vous acceptera.

— Pourquoi n'est-elle pas ici, ce midi ?

— Tout simplement parce que les gens qui veillent sur ta sœur préfèrent qu'elle dîne avec eux. Ils sont supposés l'accompagner matin, midi et soir. Tu vois, ils prennent soin d'elle.

Ce que Maxime voit surtout, c'est que, même si sa sœur semble encore habiter dans le quartier, il lui sera impossible de l'approcher sans que personne s'en aperçoive. Il juge cette situation embêtante, mais il doit se montrer patient. Ces gens finiront bien par se lasser de jouer les chiens de garde.

— Est-ce que vous savez où Marie habite?

— Oui… mais, ça me désole d'avoir à te refuser ce renseignement. J'ai reçu l'interdiction formelle de te révéler son adresse. C'est la travailleuse sociale qui exige ça.

— Elle me prend pour qui? Un monstre qui maltraite ma sœur, un sans-cœur, un…, bafouille-t-il avec indignation.

— Ta réaction est tout à fait justifiée. Moi aussi, ça m'a frustrée quand le directeur m'a transmis l'ordre. Si j'avais pu discuter avec cette femme, je lui aurais démontré à quel point tu t'occupais de Marie, que c'est toi qui l'élevais bien plus que ton père. Je le sais. Je vois clair. Mais je n'ai pas eu la possibilité de la rencontrer.

Maxime écoute à peine les paroles de sympathie de mademoiselle Loiselle. Il rage intérieurement contre la travailleuse sociale: «La maudite! La maudite peau de vache! Je l'haïs! Je l'haïs!» Une paume rugueuse se pose avec douceur sur sa main, le sortant soudainement de sa colère.

— Maxime, garde espoir! Ta sœur, tu vas la retrouver bientôt. Où elle est présentement, elle ne risque rien. Je m'inquiète plus pour toi que pour elle. Essaie de penser positivement et d'avoir confiance dans la vie. Tout finit toujours par s'arranger…

Maxime se lève avec raideur. Il ne désire nullement s'embarrasser des conseils de cette vieille enseignante. Qu'est-ce qu'elle connaît, elle, de ses malheurs ? Elle ne peut pas évaluer toute l'étendue du désarroi qui l'assaille, personne ne le peut. C'est au pas de course qu'il sort de l'école.

L'institutrice n'a pas cherché à le retenir. À quoi cela aurait-il servi de l'obliger à rester ? Néanmoins, elle espère que l'adolescent ne commettra pas une folie irréparable. Une folie dont on ne revient pas.

C

Caroline se traîne les pieds dans la neige. Si seulement l'hiver n'existait pas, elle n'hériterait pas de l'horrible corvée de pelletage. D'ailleurs, à quoi ça sert, l'hiver ? À embêter ceux qui ne peuvent se payer des fins de semaine de ski ! Quand elle songe en plus qu'il y a des idiots qui ont placé une semaine de congé au début du mois de mars, il y a de quoi déprimer !

À quoi Caro va-t-elle passer ses vacances ? À garder, à pelleter et à se geler les doigts ! Elle déteste l'hiver. Ce congé serait bien plus agréable au printemps, à la mi-mai plus exactement. Les oiseaux gazouillent, les lilas embaument l'air, le muguet pointe son nez timidement hors de la terre. Quelles belles toiles la jeune fille pourrait peindre pendant toute une semaine!

Tout en rêvant à la fonte des neiges, elle marche en direction de la polyvalente. À l'autre coin de rue, elle aperçoit une petite silhouette qui piétine sur place. Caro plisse les yeux, car elle ne porte pas ses lunettes, et reconnaît Marie-Ève, la sœur de Maxime. Plus l'adolescente s'approche, plus elle trouve le comportement de la fillette étrange. Elle tourne sur elle-même, effectue trois pas d'un côté, revient aussitôt et recommence son manège dans l'autre sens.

— Salut, pitchounette! l'aborde joyeusement Caroline. Tu te prends pour une girouette?

La petite sursaute, visiblement effrayée, et fixe son interlocutrice avec des yeux remplis de larmes. Caroline sent fondre son cœur devant ce chagrin d'enfant si évident.

— Qu'est-ce qui t'arrive, ma cocotte?

— Oh! Caro! Je me suis perdue, s'écrie Marie. Je ne trouve plus mon école.

Caroline est ébranlée, autant par la masse frissonnante qui se jette dans ses bras que par cette révélation. Une école, ça ne disparaît pas ainsi! À moins que…

— As-tu changé d'école?

— Non, j'ai changé de maison, lui apprend l'enfant entre deux sanglots. Je n'ai plus… plus personne qui s'occupe de moi… Ils m'ont laissée toute seule.

— Voyons donc! Ce n'est pas dans les habitudes de Maxime de t'abandonner.

— Max, il n'est plus là! Papa non plus, il est mort.

Ses larmes redoublent. Caroline la presse davantage contre elle et lui tapote gentiment le dos. Que faire d'autre? Lorsque la gamine se calme, l'adolescente la questionne:

— Et Maxime? Il est vivant, lui, je l'ai vu ce matin.

— Moi, ça fait depuis vendredi que je ne l'ai pas vu. Quand ils sont venus me chercher pour me mettre dans l'autre maison. Je ne sais même plus où elle est, cette maison-là. Comment je vais faire pour rentrer après l'école?

Redoutant une autre crise de larmes, Caroline s'empresse de lui suggérer une solution:

— Tu n'as qu'à le dire à ton professeur. Elle doit connaître ta nouvelle adresse. Ton école, je sais où elle est. Ma sœur va à la même que toi. Suis-moi, je vais te reconduire.

Elle la prend par la main et, chemin faisant, écoute la fillette raconter ses malheurs.

— Papa a eu un accident d'auto. Ce n'était pas à lui, l'auto.

— Il était monté avec un ami?

— Non, c'est une auto qu'il a prise dans la rue, je ne sais pas… Mais… il voulait de l'argent, papa. Il est allé dans un magasin pour en prendre, après il s'est sauvé et il a frappé un mur.

Caroline est sidérée. Marie est-elle en train de lui apprendre tout bonnement que son père a effectué un vol?

— Papa n'est plus revenu, parce qu'il était mort. Maxime, non plus, n'est pas revenu. Elle l'a mis dans une autre maison.

— Qui ça, elle?

— La madame! Celle qui m'a emmenée ailleurs. Je ne voulais pas. Maxime ne veut pas que je parte sans lui dire où je vais. Mais elle, elle m'a obligée à la suivre. Toutes nos affaires étaient dans des sacs. Je l'ai entendue parler. Elle est méchante. Ce n'est pas vrai, mon papa n'a tué personne. C'est une menteuse. Des fois, il se fâchait et il chicanait et… il tapait un peu Maxime, mais tuer, ce n'est pas ça. Non! Elle est menteuse.

Caroline hésite à saisir le sens de ces paroles. Ce serait trop affreux. Le père de Maxime, un voleur et un tueur! Maxime qui est si intelligent et si gentil ne peut pas être le fils d'un criminel. Pour elle, c'est invraisemblable. Elle se souvient même de la sympathie qu'il a montrée pour le malheur de Ben. Une idée horrible germe dans son esprit. Serait-ce le père de Maxime qui aurait attaqué celui de Ben? Non, impossible!

Marie-Ève, en toute innocence, poursuit le récit de ses misères. Caroline enregistre tout, en se promettant d'en vérifier la véracité à la première occasion.

C

Juste avant la dernière période de la journée, Caroline surveille l'arrivée de Maxime au local d'informatique. Osant à peine croire les révélations de Marie-Ève, l'adolescente n'en a soufflé mot à quiconque. D'ailleurs, ce qu'elle a appris est trop grave pour le colporter. Que le père de Maxime soit mort, elle veut bien l'admettre, mais le reste…

Lorsque le garçon s'assoit enfin devant un écran, elle se glisse aussitôt sur la chaise voisine :

— Salut ! J'ai vu ta sœur, ce midi.

La réaction de Maxime est brusque et violente.

— Où ça ?

— Sur Remembrance. Elle cherchait son chemin pour revenir à l'école.

— Elle était toute seule ? Personne n'est allé la reconduire ?

— À part moi, il n'y avait personne. Elle m'a raconté à propos de ton père. Elle a aussi parlé de…

Maxime n'écoute pas. Une seule chose compte pour lui : Marie-Ève n'a plus de chaperon pour nuire à son plan. Ce soir, dès ce soir, il agira. Il l'attendra près de l'école et il l'emmènera avec lui. N'importe où. Ça n'a pas beaucoup d'importance, du moment qu'ils ne seront plus séparés.

Caroline, qui s'aperçoit qu'elle parle à un sourd, le regarde jongler. Qu'est-ce qui peut bien se passer dans cette tête sérieuse ? Que cache donc Maxime derrière ses lèvres minces et ses yeux sombres ?

61

— Max! As-tu un problème?

La réponse est sèche et manque de sincérité:

— Bien sûr que non! Merci de t'être occupée de Marie.

Il n'a visiblement pas l'intention de poursuivre la conversation. Mal à l'aise, la jeune fille retourne à sa place. Elle n'en saura pas davantage. Ce n'est pas lui qui la renseignera. Peut-être qu'en feuilletant dans les journaux de la fin de semaine, elle dénichera des informations sur l'attaque du père de Ben? Elle cherchera dès son retour à la maison.

Délaissant momentanément Maxime et ses problèmes, elle se concentre sur son ordinateur. Elle parvient à oublier tout à fait son camarade de classe jusqu'à ce qu'un grésillement dans l'interphone le lui rappelle. Une voix prévient l'enseignant d'envoyer immédiatement Maxime Langlois au bureau du directeur. Avec toutes ses affaires, car il ne remontera pas en classe.

Caroline fixe l'adolescent qui passe près d'elle pour sortir. Il est plus pâle que tout à l'heure, ses mouvements sont saccadés. Pourquoi doit-il quitter avec autant de hâte? Elle songe que le pauvre a déjà assez de soucis sans qu'en plus la direction lui tombe sur le dos.

Avant de frapper à la porte du directeur, Maxime essuie ses mains moites sur son jean. Il n'est pas très rassuré. Il ouvre et ne voit d'abord que la femme. Celle qui lui a enlevé Marie. La rage remonte en lui. Elle va encore tout faire rater. Son intervention, quelle qu'elle soit, va l'empêcher de rejoindre sœur. Il le sent, il en est convaincu.

— Entre, Maxime, l'invite le directeur, entre. Madame Éthier nous a éclairés sur les difficultés que tu traverses actuellement. Et, par exception, aujourd'hui, tu vas pouvoir quitter l'école plus tôt.

«Je le savais! Je le savais! Je le savais! songe Maxime en serrant les poings. La chienne, elle a encore trouvé le moyen de me couper l'herbe sous le pied!»

Maxime la fixe durement. Elle, indifférente à l'attitude du jeune, commente sur un ton pressé:

— Oui, j'ai réussi à te trouver une nouvelle famille d'accueil. En fait, ce sont eux qui se sont aimablement offerts pour vous recevoir.

Ce n'est qu'à ce moment que Maxime remarque la présence d'une troisième personne. Il a l'impression d'avoir déjà rencontré cet homme. Souriant, l'air affable, celui-ci le salue:

— Si tu le veux bien, on pourrait y aller immédiatement. Ta petite sœur nous attend à la maison.

Aussi vite que la colère et la détresse sont montées en lui, aussi vite l'espoir revient. Marie! Il va la revoir aujourd'hui même. Tout n'est pas perdu. Sa décision est rapidement prise. Cet homme, il le suivra gentiment. Ça lui permettra de reprendre sa sœur.

7

Luttant contre le vent et la neige, Benoît baisse la tête et avance lentement. Il sort à l'instant de l'hôpital. L'état de son père ne s'est pas amélioré, il est toujours dans le coma. Les médecins ne peuvent prédire quand il s'en sortira. Ni comment! La colonne partiellement atteinte, qu'est-ce que ça signifie? Est-ce qu'il va demeurer paralysé pour le reste de ses jours ou... pire encore? Benoît nage en plein désarroi.

C'est la quatrième journée complète qu'il a passée au chevet de son père. Il se sent absolument incapable de retourner en classe. Sonia lui a vaguement raconté la réaction de certains jeunes. Ben a insisté, mais elle ne désirait pas vraiment s'étendre sur le sujet. Il a tout de suite saisi qu'il n'y avait rien de positif dans leur attitude. Sauf pour celle de Max. Il est vrai que lui, il a tellement de problèmes dans sa vie qu'il peut comprendre et compatir aux misères des autres.

Des communications ardues avec son père, Benoît en a toujours vécues, mais elles n'ont jamais été aussi pénibles que celles de Max. Pauvre Max! Il a beau tenter de le cacher en s'isolant, Ben se doute bien de la vérité. Ce ne sont même plus des doutes, mais une certitude. Maxime se fait régulièrement battre par son père.

Benoît se sent écrasé. Par la vie, dure et implacable, qui ne laisse aucune porte de sortie. Par sa vie, à laquelle il ne parvient pas à donner un sens. Par la mort, sournoise, qui attend dans un détour. Depuis quatre jours, il ne pense qu'à ça. Il tourne et retourne des idées noires dans sa tête. Un ouragan de sombres pensées aussi violent que la tempête de neige qui l'entoure.

C'est le visage enfoui dans le col de son manteau qu'il atteint la quincaillerie.

— Salut, Ben! C'est à cette heure-là que tu rentres à la maison!

Ben sursaute et lève des yeux étonnés qui déclenchent le rire moqueur d'une ombre tapie contre la porte.

— Stéphane! Qu'est-ce que tu fous là?

— Je t'attends, voyons. Ouvre vite, je gèle.

Les deux jeunes entrent, poussés par une rafale. Ils se secouent et se débarrassent de leur cuirasse hivernale avant que Ben revienne à la charge.

— Tu étais décidé, toi! Sortir par un temps pareil! Pour faire quoi, au juste?

— Pour venir passer la veillée avec toi.

— C'est une proposition? Oublie ça, Sonia est plus belle que toi.

Benoît blague, mais le cœur n'y est pas. Stéphane le sent bien. C'est d'ailleurs pour ça qu'il est là : pour remonter le moral à son copain. Il a la ferme intention de ne pas le quitter avant le lendemain matin. Il a prévu une longue soirée entre gars, à parler de tout et de rien, mais surtout à se vider le cœur.

— As-tu soupé? Non! Je m'en doutais. Je te paie la traite. Pizza extra large toute garnie. Avec mon cellulaire, j'ai déjà appelé pendant que je t'attendais. Ça ne devrait plus tarder.

— Et si je n'étais pas arrivé, tu aurais fait quoi?

— Je l'aurais mangée assis dans les marches.

Sacré Stéphane, Ben le reconnaît bien là! Toujours à tout organiser pour les autres, confiant qu'ils seront aux oiseaux de son initiative et que ça marchera comme sur des roulettes. Rien ne le détourne de ses projets, il est pétant d'enthousiasme. Et chanceux! La sonnette annonce l'arrivée du livreur. Le triomphe tout de même modeste, Stéphane se charge de payer, de déballer, de couper et de servir le repas.

Au fond, Ben est content. Stéphane prend de la place, il est vrai, mais sa présence lui apporte du réconfort. D'accord, sa grand-mère et son oncle, qui habitent au lac Saint-Jean, lui ont téléphoné à plusieurs reprises. D'accord, Sonia le soutient par ses visites à l'improviste. Mais ils ont tous la mine basse, trop pour lui remonter le moral. Tandis que Stéphane, c'est l'optimisme incarné.

— Le repas de monsieur est servi. Au menu, rondelles de viande piquante accompagnées de fines tranches de poivron vert et de champignons domestiques (et comestibles, évidemment) nageant sur une sauce aux tomates à l'italienne négligemment étalée sur une pâte gonflée à point. Le tout, bien sûr, gratiné à la mozzarella! Bon appétit, monsieur.

— Je suis pantois devant ta grande culture, surtout quand tu l'étales autant que cette sauce aux tomates.

— Ce n'est rien, attends que je l'étire comme le fromage. Tu vas t'apercevoir que, finalement, elle est assez mince, ma culture. Mmmmm! J'ai faim.

C'est en mangeant que Ben se rend compte qu'il n'a pris aucun bon repas, ces derniers jours. À l'hôpital, il n'avale que des muffins ou des sandwichs, et du café, des litres de café. Et le soir, être seul à la maison lui coupe l'appétit. Il se contente de grignoter. Les balivernes de son ami le font rire, puis, peu à peu, le laissent indifférent. Au bout d'un certain temps, il marmonne d'un ton morne:

— Des fois, je me pose des drôles de questions. Comme pourquoi vient-on au monde? Dans quel but?

— Ouf! La conversation va être *heavy*, ce soir.

— Désolé, je ne voulais pas être rabat-joie. C'est juste que des idées bêtes me traversent la tête, comme ça, pour rien.

— Pas d'accord, ce n'est jamais pour rien qu'on se questionne. Ton cas relève du domaine de la spiritualité. C'est un gourou dont tu as besoin. Tiens, l'aumônier de l'école ferait peut-être ton affaire.

— Oh! lui, dérange-le pas. Je l'ai assez vu comme ça. Cet après-midi, il est venu donner l'extrême-onction à mon père.

— Ça existe encore, ces cérémonies-là! Ça s'est passé comment?

— C'est long, déprimant et ennuyant! J'espère qu'il ne reviendra pas tous les jours.

Ils mangent silencieusement. Stéphane semble réfléchir avant de lancer enfin:

— Et toi, penses-tu passer toutes tes journées à surveiller le réveil de ton père? Pendant combien de temps encore?

Le temps qu'il faudra. De toute façon, ça ne peut pas être si long. Ben s'accroche à cet espoir. Dans une heure, ce soir, cette nuit, demain au plus tard, son père se remettra et tout sera comme avant. Chaque jour, il se répète les mêmes encouragements. Alors, il reste à ses côtés et attend. Il le quitte à la nuit tombée, avec l'assurance que les infirmières le préviendront dès le moindre changement.

— Ben, votre quincaillerie a été fermée vendredi, samedi, dimanche et aujourd'hui. Quatre jours!

— Et puis après? grogne Benoît, irrité d'avance par la suite de la conversation.

— Ce n'est pas très bon pour le commerce quand les clients se frappent à une porte toujours fermée.

— Impossible d'ouvrir maintenant. Mon père n'a plus d'employé depuis que monsieur Gosselin a pris sa retraite, il y a deux ans.

— Il y a toi. Tu es plus qu'un employé. Le magasin, c'est ton héritage.

— Hé! Ne parle pas de même! Mon père n'est pas mort, il est juste inconscient.

Stéphane a gaffé, il le sait. Benoît refuse de regarder la réalité telle qu'elle se présente. Il discute vivement du retour à la santé de son père, balayant toutes les objections possibles. Un coup de klaxon prolongé et insistant lui coupe la parole. De la fenêtre, les adolescents entrevoient la lumière clignotante d'un gyrophare.

— V'là la souffleuse, signale Stéphane. Il doit y avoir encore une voiture stationnée du mauvais coté.

— Oh! C'est peut-être la nôtre.

— Qu'est-ce que tu attends pour la changer de place?

Benoît murmure qu'il ne peut pas et rougit, honteux. Stéphane constate alors que son ami n'a jamais touché à la voiture de son père. Connaissant monsieur Ladouceur, il ne trouve rien d'étonnant à cela. Ce n'est pas le genre d'homme à montrer une confiance aussi totale en les capacités de son fils. Stéphane, fidèle à ses habitudes, prend les choses en main; son permis de conduire, il le possède déjà depuis plus d'un an.

— O.K. Passe-moi les clés et viens-t'en. On va arranger ça ensemble.

Au pas de course, ayant à peine pris le temps d'enfiler bottes et manteau, ils se dirigent vers la voiture. Benoît prévient d'un geste de la main l'employé de la voirie qui klaxonne toujours.

— Ça va, on l'enlève!

L'automobile étant enlisée dans un banc de neige, Stéphane la dégage avec difficulté. Ben, nerveux, cache tant bien que mal son impatience.

— S'ils ne l'avaient pas enterrée, ce serait plus simple!

— Bah! Ce n'est pas grave, je l'ai presque sortie. Voilà, c'est fait! Applaudissons chaleureusement le champion! Maintenant, à toi de choisir: je fais 20 fois le tour du Faubourg en attendant qu'ils finissent de ramasser la neige ou je trouve plus loin un petit coin déjà nettoyé.

— Je ne sais pas, avance. On verra bien.

Les places libres sont inexistantes. Stéphane arpente quelques rues lorsqu'un sourire narquois illumine son visage. Ce n'est pas un stationnement qu'il a trouvé, mais une idée. Il change de direction et se rend au centre commercial. Comme il l'avait espéré, l'endroit est pratiquement désert (c'est lundi soir) et déblayé.

— Ils sont toujours pressés de venir tasser la neige ici. On ne peut pas dire qu'on manque de place.

— Peut-être, mais on ne peut pas laisser la voiture là. C'est trop loin de la maison et je pense qu'on n'a pas le droit.

— Qui t'a dit qu'on abandonnerait la pauvre petite bagnole de ton papa dans cet endroit perdu au bout du monde ? Non, tu vas changer de place avec moi.

Sans attendre de réponse, Stéphane éteint le moteur, sort de l'automobile et la contourne pour ouvrir la portière de Benoît.

— Grouille ! Ne reste pas là ! Es-tu collé à ton siège ?

— Stéphane ! Je ne peux pas faire ça !

— C'est pourtant facile. Tu te lèves, tu marches quelques pas et tu te rassois. Simple comme bonjour !

— Mais je ne peux pas m'installer au volant.

— Pourquoi pas ? C'est l'endroit idéal pour apprendre à conduire. Aucune auto à l'horizon, on a le champ libre. Il y a un peu de neige, mais… c'est un détail.

— On est en pleine tempête de neige et tu appelles ça un détail !

— C'est vrai, il neige, j'ai froid et j'en ai assez de rester debout dehors. Fait que, change de place, vite. Ouste, ouste…

Le ton enjoué, mais autoritaire, de Stéphane ainsi que les bourrades amicales dont il gratifie Ben poussent ce dernier à obtempérer. Sans sortir, il se glisse derrière le volant. Stéphane se hâte d'entrer et de refermer la portière. Il se frotte les mains en frissonnant.

— Leçon numéro 1 : ceci est une clé. Lorsqu'on la tourne dans le démarreur, ça fait vroum. Exécution !

Ben ne bouge pas. Les deux mains sur les cuisses, les yeux dans le vide, un relent d'obéissance à son paternel l'empêche d'agir.

— Je ne peux pas, ce n'est pas possible.

— Benoît Ladouceur, si moi je suis capable de peser sur des pédales et de tourner un volant, tu peux le faire toi aussi.

« Ce n'est pas ça, le problème, songe Ben. Il ne comprend pas. Ce n'est pas à moi. L'auto appartient à mon père, comme le magasin, comme la maison. Moi, je ne possède rien, je n'ai le droit de rien faire. Jamais eu le droit, d'ailleurs. Si j'utilise ses affaires, c'est comme… comme si je déclarais qu'il est mort. Parce que, pour moi, c'est la seule façon d'obtenir quelque chose. Pour Stéphane, c'est différent. Son père a accepté qu'il suive des cours de conduite, il lui laisse même parfois sa voiture; il lui donne bien des permissions que mon père n'oserait même pas imaginer. Si je veux quelque chose, je dois attendre qu'il crève. J'ai… j'ai même rêvé de le voir disparaître… et c'est presque ça qui arrive… par ma faute. Si seulement j'avais fermé à clé comme je devais le faire, mon père ne se serait pas fait attaquer. C'est par ma faute que le voleur a pu entrer. »

Ben appuie la tête sur la fenêtre glacée de la portière. Conduire la voiture de son père serait comme tirer profit d'une mauvaise action. Même s'il a eu des relations difficiles avec son père, il n'a pas souhaité ce malheur. Comment expliquer cela à Stéphane? Il jugerait ce raisonnement complètement tordu. Benoît est incapable d'avouer son sentiment de culpabilité. Alors, il tourne la clé. Le moteur vrombit un peu trop. Il lâche subitement la clé.

— Bravo! approuve Stéphane. C'est ce que j'appelle une conduite nerveuse. Pas dans le sens de conducteur nerveux, mais de char qui s'énerve. Ou vice versa?

— O.K. Ensuite?

— Tire sur le levier de vitesse pour placer la petite aiguille sur le D. D qui signifie «Donnes-y la claque!». Oh! Regarde donc ça, il manque une lettre dans le cadran de cette voiture-là. Le W pour «Woh, les moteurs!». C'est pourtant très utile quand on veut freiner.

Comment ne pas sourire avec un clown pareil? Riant nerveusement, Ben pèse sur l'accélérateur. Un peu trop. Les roues glissent sur place avant de réussir à tirer la voiture en dérapant légèrement.

— C'est bon. C'est bon.

Benoît s'imagine-t-il des choses ou la voix de son ami a-t-elle changé de ton?

— Vas-y mollo et n'oublie pas de tourner avant le mur!

Ce n'est pourtant pas dans sa nature de s'inquiéter pour un détail aussi insignifiant qu'un mur qui bloque la route. Benoît commence à s'amuser. Il peut se vanter d'être une des rares personnes à flanquer la frousse à Stéphane. En effet, l'adolescent presse ses pieds dans le plancher comme si cela pouvait aider à ralentir. Benoît, pour ménager les nerfs de son ami, consent à freiner. Ayant mal évalué la distance entre son pied et la pédale, il a trop appuyé. Mais la voiture n'obéit pas immédiatement. Après une longue glissade, elle s'immobilise enfin. À quelques mètres du mur.

Stéphane grogne, les dents serrées :

— Sur la neige, ça glisse, câlisse !

— C'était à toi de me prévenir qu'on allait faire du ski ! Moi, je pensais qu'il y avait des pneus en dessous d'une auto.

— Tu peux bien les changer pour des raquettes, si ça peut t'aider !

Ben, le visage tout près de Stéphane, cherche une réplique hargneuse, mais pouffe de rire. Ils ont eu peur autant l'un que l'autre. Stéphane s'esclaffe à son tour.

— Ouais ! La piste Gilles Villeneuve, ce n'est pas pour demain ! Tu as encore plusieurs fonds de culotte à user, assis sur ton siège à t'exercer.

— On se donne beaucoup de mal pour rien. De toute manière, légalement, je n'ai pas le droit de conduire.

— C'est facile à arranger. Tu suis un cours et tu obtiens ton permis.

Ben émet un ricanement sans joie et frotte ensemble le bout des doigts de sa main droite.

— Le hic, c'est que je n'ai pas l'argent. Ça doit coûter une couple de centaines de dollars. Mes finances sont trop limitées pour me permettre une telle dépense.

— Aucun problème ! Je te prête l'argent. Un bon taux, le plus bas sur le marché : 0 % d'intérêt.

— Es-tu tombé sur la tête? Tu ne peux pas me passer une somme pareille. Comment vas-tu…

Il se tait car il allait dire une bêtise. Comment Stéphane va-t-il trouver autant d'argent? En puisant dans son compte de banque, tout simplement. Ben a parfois tendance à l'oublier, son ami est le fils unique d'un couple fortuné, nettement au-dessus de la moyenne.

— *No problema*! Demain, je vais à la banque et je te laisse les sous, disons… sur l'heure du dîner. Je te donnerai aussi l'adresse de l'école de conduite où j'ai suivi mes cours. C'est une bonne place.

Ben ressent un malaise. Est-ce parce qu'il a honte de devoir accepter de l'argent? À moins que ce ne soit l'effet des remords qu'il éprouve à tromper son père? N'est-il pas en train de lui jouer dans le dos, de profiter de son absence pour acquérir plus d'indépendance? Lorsqu'il sortira du coma, comment réagira-t-il en apprenant que son fils a osé prendre une telle initiative?

Stéphane, comme s'il devinait les pensées de son ami, tente de le convaincre avec un nouvel argument:

— On ne connaît pas l'avenir. Peut-être que ton père va se réveiller demain matin et que tout va redevenir comme avant. Peut-être qu'il est parti pour dormir pour l'éternité. Ou peut-être qu'il va revenir à lui, mais pas avec toutes ses capacités. La colonne, c'est bête. Dans deux cas sur trois, c'est toi le nouveau patron. D'ailleurs, tu ne peux pas te laisser mener toute ta vie par quelqu'un d'autre.

Conduire une auto, c'est essentiel. C'est le début de ta vie d'homme. Bien dit, hein?

Son indépendance, Benoît la désire plus que tout. Mais doit-il vraiment marcher sur le cadavre de son père pour l'obtenir? Attendre qu'il soit mort pour faire sa propre place?

— O.K. pour demain. Mais on va mettre les choses au clair. Je te signe un papier pour ma dette. J'aime mieux te prévenir, ça risque d'être long avant que je te rembourse. Bon, maintenant, je recule.

— Non, non, mets l'aiguille sur R pour «Recommence». J'ai tellement aimé notre petite glissade.

— Niaise-moi donc!

⟨

Étendue à plat ventre sur son lit, Caroline relit les coupures de journaux. Vendredi, il n'y avait qu'un entrefilet qui résumait brièvement les événements du jeudi soir. Dans le journal de samedi, la quincaillerie et la voiture accidentée du présumé voleur étaient photographiées au-dessus d'un article à sensation. Caro songe que l'impact a dû être terrible pour réduire ainsi en bouillie un véhicule.

Ce qui trouble le plus la jeune fille, c'est le nom du conducteur mort: Robert Langlois. Langlois, comme Maxime, comme Marie-Ève. La fillette n'a pas menti. Son père est mort.

Caroline laisse glisser ses yeux, encore une fois, sur les mots qui accusent l'homme. L'arme retrouvée sur le siège, l'argent éparpillé dans l'auto, la drogue dans ses poches… Ce que le journaliste ne mentionne pas, ce sont les deux orphelins et comment ils vivent cette catastrophe.

Elle frémit. Le deuil, elle ne connaît pas. Ses parents, ses grands-parents même, sont vivants. Elle ne connaît pas davantage la séparation puisque son père et sa mère vivent encore le grand amour. Un peu trop, au goût de Caroline qui doit endurer les pleurs des derniers rejetons de la famille. Une idée de ses parents. Ils s'ennuyaient des gazouillis d'un bébé. Ils ont été gâtés par la nature qui leur a généreusement fait don d'une paire : des jumeaux. Caroline l'a appris à ses dépens : des bébés, ça ne gazouille pas, ça braille !

Pauvre Marie-Ève ! Pauvre Maxime ! Quel choc pour eux ! Déjà, il y a deux ou trois ans, leur mère est décédée d'une maladie dont Caroline a oublié le nom. Et, maintenant, leur père se tue d'une façon imbécile. Qui s'occupera d'eux ? D'après la petite Marie, ils n'ont pas d'autre famille. Ils sont désormais à la charge d'étrangers. Une situation peu enviable.

Elle éteint la lampe sur son bureau. Elle sait qu'elle ne dormira pas tout de suite, alors elle s'oblige à fixer la fenêtre. La neige tombe lourdement. Des flocons humides et collants s'accumulent au bas des vitres. Caroline déteste de plus en plus l'hiver.

Rien ni personne ne fera changer Benoît d'idée. Dans le vestiaire vide et silencieux, où le moindre de ses gestes résonne, il ramasse ses affaires. Certaines pièces de son équipement de hockey, une serviette, ses chaussures de sport, des livres et des cahiers, et toutes les babioles qu'on accumule au cours d'une année sont promptement retirés de sa case. Enfin de son ex-case.

D'un pas léger, il se rend au secrétariat de l'école. Contrairement à ce qu'il avait d'abord cru, cela lui semble facile. Il est vrai que sa visite de ce matin à l'hôpital le confirme dans sa décision. Aujourd'hui, le mardi 23 février, cinquième jour après l'attaque à main armée, son père est encore dans le coma. Alors, aujourd'hui, Benoît Ladouceur devient le chef de la famille, celui qui doit prendre en charge sa destinée, ainsi que celles de son père et de la quincaillerie.

En déposant ses manuels sur le bureau de la secrétaire, il justifie sa démarche :

— Je vous les remets. Je n'en ai plus besoin, je quitte l'école définitivement.

— Ah! Oui, charmante initiative! Il faudrait peut-être que tu en discutes avec la directrice adjointe.

Benoît feint d'ignorer cette suggestion.

— J'étais en secondaire 3 dans le groupe 306. Il ne manque aucun livre et ils sont tous en bon état. Vous pouvez vérifier, si ça vous inquiète.

Obstinée, la secrétaire revient à la charge :

— Et tes parents, ils sont d'accord pour que tu abandonnes l'école ?

— J'ai 17 ans et personne ne peut m'obliger à rester ici. D'ailleurs, j'ai autre chose de plus important à faire que de moisir derrière un pupitre. Au revoir, mademoiselle.

Laissant derrière lui une jeune femme médusée, il sort tout simplement. Ce n'est pas une fuite. Il ne se sauve pas en cachette. C'est son choix. Et il en est assez fier !

Hier, après sa leçon de conduite improvisée, Stéphane et lui ont jasé pendant une bonne partie de la nuit, une bière à la main. Ses remords idiots sur son droit de conduire la voiture paternelle se sont envolés. Presque complètement. Il se préoccupe encore un peu de la réaction de son père à son réveil, si jamais cela se produit. Tranquillement, il se laisse aller à imaginer la possibilité de devenir orphelin. Par moments, c'est difficile à accepter et il chasse brusquement cette idée. Mais dans un petit recoin de son esprit, cette éventualité fait son chemin.

C'est pourquoi il a choisi de rouvrir le magasin. Stéphane l'a un peu, beaucoup même, poussé à cette option. Stéphane qui, tout en espérant lui-même poursuivre ses études jusqu'à l'université, est guidé par un sens pratique très développé. Les affaires sont les affaires. Pour y réussir, il faut ouvrir. Car, comme deux moins deux donnent zéro, magasin fermé égale perte.

De retour à la maison, Benoît lance ses sacs sur un divan et se hâte vers la quincaillerie. Ces derniers jours, il n'y a pas souvent mis les pieds. Le désordre qui règne dans le magasin lui rappelle dans quel état il a découvert son père. S'il veut reprendre le commerce ce matin, un bon ménage s'impose.

8

Attablée près d'une fenêtre de Chez Fimo (un casse-croûte à deux pas de La Passerelle où les élèves viennent bouffer le midi), Caroline se plaint encore.

— Ce sont les vacances les plus horribles que j'ai jamais vécues! Et il y a des gens qui appellent ça la semaine de relâche! De la neige, en veux-tu, en v'là! Tous les deux jours, c'était la bordée! Et quand j'abandonnais la pelle, c'était pour changer les couches. Ce n'est pas ma sœur qui se serait chargée de nettoyer les jumeaux. Des monstres, ces bébés-là! Et ne me dis pas qu'ils sentent bon. Tu viendras leur laver les fesses.

Sonia, l'air coquin, intervient en leur faveur:

— Mais ils sont si beaux! Des grosses bajoues qu'on a envie de mordre, des yeux bleus immenses qui te fixent avec amour et deux magnifiques sourires avec trois ou quatre quenottes.

— Ça paraît que tu ne les entends pas pleurer la nuit. Ils sont justement en train de faire d'autres

83

dents. Et ça mord, un bébé. Regarde la marque sur mon bras.

Elle exhibe un cerne rougeâtre près du poignet. Pas très apitoyée sur le sort de son amie, Sonia la taquine.

— Ce ne serait pas plutôt une sucette de ton chum?

Caroline soupire:

— Mon chum… En plus d'endurer deux bébés de six mois, il faudrait que je me tape les avances d'un fatigant! Fini, les gars! Je rentre chez les sœurs!

Elle éclate de rire à la seule pensée de devoir porter jour après jour une jupe grise cachant bien les genoux, une blouse attachée jusqu'au menton, des souliers rigides et pourquoi pas un voile gris tombant sur les épaules. C'est l'image moderne qu'elle se fait des religieuses et ça ne l'attire pas vraiment.

— Oh! non, je n'ai pas la vocation. Peinturer des chemins de croix, ça ne m'intéresse pas. Je préfère peindre des paysages ou dessiner des portraits.

— Comme celui de Stéphane?

— Oh! Lâche-moi avec lui.

— C'est vraiment fini entre vous deux?

— Oui!

Irritée, Caroline aspire avidement sa boisson gazeuse diète. Comment Sonia peut-elle encore sortir avec son efflanqué de Benoît? Ce chum-là est-il moins désespérant que le sien?

— C'est à croire que les garçons n'ont qu'une idée dans le cerveau, non, deux idées : deux seins ! Ils pensent seulement à te les tâter ! De haut en bas, de gauche à droite, d'en avant en arrière, par-dessus, par en dessous. Toutes les techniques sont bonnes.

— Tu n'exagères pas un peu ?

— À peine ! J'en ai assez de me sentir utilisée par tout le monde. À la maison, je suis la gardienne, la pelleteuse, la laveuse de vaisselle. À l'école, je suis l'élève qu'on bourre de devoirs. Et pour mon chum, il faut que je me transforme en poupée gonflable. Non mais, il y a des limites !

—Ma pauvre, c'est la déprime totale, que tu vis ! J'admets que l'école, c'est ennuyant et, à la maison, on en fait pas mal plus qu'on voudrait. Pour ce qui est de Stéphane, il n'est pas si monstrueux.

Caroline farfouille dans son verre avec sa paille, provoquant ainsi une remontée de petites bulles à la surface. Quel argument peut-elle répliquer à cela ? Aucun, sinon…

— Ce n'est pas un monstre, c'est juste un gars vite en affaires et bouillant d'énergie. Je n'ai pas toujours la force ou le goût de le suivre. C'est dur à vivre, une relation avec un Jack Rabbit ou un Road Runner. Il saute des étapes. D'ailleurs, l'an prochain, il va être au cégep et il ne pensera plus à moi. Je vais devenir trop jeune pour lui. Alors, aussi bien se séparer tout de suite.

— Un de perdu, dix de retrouvés ! Quel genre d'ami tu aimerais ? Je peux t'aider à chercher.

— Je ne cherche pas. Sonia Pelletier, n'organise rien dans mon dos. Je te préviens, je ne veux rien savoir pour un bon bout de temps.

Sonia accepte le message sous-entendu. Au fond, Caroline éprouve encore un petit béguin pour Stéphane, mais son orgueil l'empêche de le montrer. Cette allure de célibataire hargneuse, c'est sa carapace, son bouclier pour contrer son chagrin. Caro est assez brillante et réaliste pour remarquer que Stéphane ne s'intéresse plus à elle autant qu'avant. Il s'éloigne peu à peu, mais ne sait trop comment rompre sans la faire souffrir. Sonia avise un bouquin à côté de l'assiette de son amie.

— Oh! Tu as bien raison. Tant que tu n'auras pas trouvé un beau ténébreux comme dans les romans d'amour, ça ne donne rien de courir après un gars! Mais es-tu capable de me décrire à quoi ça ressemble, un ténébreux?

— Non, mais c'est tellement romantique comme expression. J'en veux un pour ma fête. Et, en plus, il faut qu'il sache se servir d'une pelle et d'une lavette. Évidemment, il va se précipiter pour changer les couches des bébés et…

— L'esclave idéal, quoi! Le problème, c'est que ça ne court pas les rues, des êtres aussi parfaits.

— Tout le monde a le droit de rêver!

Sonia sourit de la mimique boudeuse que son amie a prise pour déclarer cela. Celle-ci, assise de dos à l'entrée du restaurant, ne voit pas l'adolescent qui en pousse la porte. Sonia l'aperçoit très bien de sa place. Elle se penche vers Caroline et chuchote:

— En voilà un, gars parfait! Tu pourrais tenter ta chance. Il est toujours seul.

Peu convaincue, Caroline jette un œil par-dessus son épaule et en oublie de répliquer. Solitaire, Maxime Langlois hésite à s'installer à une table. Au bout d'un instant, il choisit plutôt de s'asseoir au comptoir.

Sonia l'observe et poursuit la conversation à mi-voix:

— C'est un drôle de gars. Il s'informe souvent du père de Benoît, mais pas moyen de le faire parler davantage. Je lui ai dit de passer à la quincaillerie. Benoît serait content de jaser avec lui. Non, il a peur de le déranger, qu'il dit. Il est gêné rare!

Caroline grignote un morceau de pain. Gêné? On le serait à moins. Comment se sentirait-elle si son propre père avait tiré sur le père d'un camarade de classe? Morte de honte. Heureusement pour Maxime, personne à l'école n'a encore fait le lien. Personne ne le fera non plus. L'attaque de la quincaillerie, c'est déjà du passé pour la plupart des jeunes de la polyvalente. Même Sonia ne sait rien. Même Benoît ignore la vérité. Il n'y a que Caroline qui a tout découvert.

— Oui, un drôle de gars, admet-elle. Ce n'est pas facile de l'approcher, de le mettre à l'aise. Il y avait juste Benoît qui y parvenait. Tu te rappelles dans le temps des fêtes? Benoît avait réussi à l'attirer à l'aréna pour assister aux matchs de hockey.

— Il amenait sa sœur. Elle est mignonne. Une vraie poupée! Je l'aurais croquée.

— Toi et les enfants! Reviens-en! Même s'ils sont beaux, ils ne sont pas nécessairement gentils. Tu peux me croire. J'ai deux superbes poupons à la maison qui sont loin d'être fins.

— Râleuse!

— Irréaliste!

— N'essaie pas de me détourner de ma vocation de future mère d'une famille nombreuse. Essuyer des nez qui coulent, étendre des couches de coton sur la corde à linge, faire bouillir l'eau pour laver les vêtements de ma progéniture, ramasser leurs dégâts en frottant les planchers de bois avec une brosse. Quelles tâches exaltantes et valorisantes pour une femme!

— Sonia, tu es malade! décrète Caroline en riant.

Sa joie ne passe pas inaperçue. En l'entendant s'esclaffer, Max tourne la tête vers elle. Intimidée par son air sérieux et inquisiteur, Caroline cesse brusquement son éclat et plonge un regard coupable dans son assiette. Elle songe avec un peu d'angoisse qu'il va croire qu'elle se moque de lui. Elle relève vivement les yeux. Trop tard, il ne la regarde plus. Au moins, Sonia ne s'est aperçue de rien.

— Parlant de tâches, j'ai travaillé toute la semaine de relâche. J'avais promis à Benoît de lui donner un coup de main au magasin. C'est plus que du neuf à six, une entreprise comme ça. Placer le matériel, servir les clients, s'occuper de la caisse, les comptes le soir après la fermeture. Pour un travail d'esclave, c'en est tout un…

Caroline approuve de la tête, marmonne des oui-oui, des vraiment, mais elle n'écoute plus les propos de Sonia. Maxime a envahi sa pensée. Sans le vouloir, elle vient de le blesser. C'est certain. Comme s'il n'avait pas déjà assez de malheurs ! Max est pourtant bien la dernière personne à qui elle souhaiterait du mal. Comment réparer ? Elle ne peut pas se lever et aller s'excuser ; elle aurait l'air de quoi ? Il n'est guère plus possible de lui avouer : « Je partage avec toi le secret que tu désires cacher au monde entier. N'aie crainte, avec moi, il est en sécurité. » La belle affaire ! Et ce secret, je l'emporterai dans ma tombe, peut-être ? Caroline se rend compte que ses lectures romanesques et à l'eau de rose déteignent sur elle. Dans la vraie vie, ou bien on se hâte de colporter les ragots au plus vite, ou bien on ferme sa boîte et on n'en fait pas tout un plat. Après tout, qu'est-ce que ça peut bien changer dans la vie de Caroline que Maxime soit le fils d'un défunt drogué, voleur et assassin ? Rien du tout.

Alors, elle tourne la page et se concentre sur les paroles de Sonia.

Enfin, elle essaie.

— Est-ce que tu m'écoutes, mademoiselle tête-ailleurs ? Ah ! C'est vrai ! Dès que je parle de Ben, ça te rappelle Stéphane. Dans ce cas…

— Non, non. Stéphane… c'est fini. De l'histoire ancienne. Je suis tout ouïe. Ton cher

Ben, comment se débrouille-t-il dans sa nouvelle profession?

— Assez bien. Il n'a pas le choix. Tant que son père n'est pas sorti du coma, il faut bien que la boutique roule. Le pire, c'est que, malgré toutes les difficultés, il adore ça. Tu ne me croiras pas, le soir, il dévore les catalogues pour acheter au meilleur prix ou il s'enterre sous des revues spécialisées pour trouver des renseignements sur les techniques de construction ou de rénovation.

— Toute une lecture de chevet! Palpitant!

— Il est tellement occupé que je ne le vois plus en dehors de la quincaillerie. Même ses dimanches, il les passe à se recycler. Son unique temps de repos, c'est pendant ses cours de conduite. Si on peut appeler ça se reposer. N'empêche qu'il est de plus en plus habile avec la voiture. C'est mon frère qui est jaloux. Rendu à 19 ans, il n'a pas encore de permis. Mais ça l'avancerait à quoi? On n'a pas d'auto. Ma mère ne peut pas se permettre une telle dépense. Et comme, de toute façon, on ne quitte jamais Montréal, l'autobus et le métro, ça fait pareil. Oh! Si mon père était encore vivant, peut-être que…

Caroline scrute Sonia. Cette dernière phrase fait germer une question qu'elle pose sans réfléchir.

— Est-ce que ça te chagrine?

— Ce n'est pas la fin du monde de ne pas posséder de voiture.

— Non, que ton père soit mort?

Sonia est surprise. Il y a tellement longtemps que son père est décédé. Elle était âgée de trois ans à peine. Aucun souvenir précis n'habite sa mémoire. Quoique… lorsqu'elle feuillette l'album familial, elle regrette de l'avoir si peu connu. Mais du chagrin ?

— Pour avoir de la peine, il faut avoir des liens avec quelqu'un. Je le sais parce qu'il y a Antoine, mon premier chum, dont la mort me hante encore parfois. Mais mon père ? Pas vraiment. À vrai dire, maintenant, j'accepterais assez facilement que ma mère se remarie. Ça fait 12 ans qu'elle est veuve.

— Mais elle n'est pas complètement seule. Aux dernières nouvelles, elle sortait avec le père d'Antoine.

— C'est encore vrai. C'est quoi le rapport ?

— Aucun. Mais… des fois, je m'imagine orpheline et je pleure comme une Madeleine.

— Caro, la folle, c'est toi, pas moi !

C

Durant le battement de cinq minutes qui sépare les deux derniers cours de la journée, Sonia retrouve Caroline à sa case. Elles ont à peine le temps de récupérer leur manuel de mathématiques, aussi Sonia fait-elle jouer fébrilement son cadenas. La porte ouverte, une feuille déposée sur ses affaires lui saute aux yeux. Le message de Ben est tracé en larges lettres bien visibles. Elle ne peut pas le manquer.

« SUPER! MON PÈRE EST SORTI DU COMA.
VIENS À LA QUINCAILLERIE APRÈS L'ÉCOLE.
ON VA FÊTER ÇA. JE T'ADORE.

BEN XXXXX[10] »

— Oh! C'est fantastique. Regarde, Caro. Il faut que je téléphone à Ben.

Sonia, qui n'a pas les moyens d'avoir un cellulaire, doit courir vers l'entrée principale où se trouve le seul téléphone public de la polyvalente. Elle glisse le message de son copain dans les mains de Caroline, agrippe un livre, claque la porte de sa case, y remet son cadenas et se sauve en vitesse. Tout cela en moins de temps qu'il n'en faut à son amie pour lire le mot de Benoît. Demeurée seule, Caro se réjouit. En voilà un pour qui la vie sera plus facile, dorénavant. Et Maxime? Il serait peut-être soulagé d'apprendre la nouvelle.

Elle le cherche dans le vestiaire. Aucune trace du garçon. Alors, elle monte en classe. En enfant sage, Maxime est déjà installé à sa place. Caro souhaiterait bien entrer en contact avec lui, pour s'informer de Marie-Ève, pour en connaître davantage sur son sort, par curiosité quoi! Peut-être aussi un peu pour vérifier s'il pense qu'elle s'est moquée de lui, l'autre midi. Mais, avant aujourd'hui, elle n'avait aucun motif valable de l'aborder.

— Sais-tu la dernière? demande-t-elle sans autre préambule, en se plantant devant Maxime.

Il la scrute, un malaise indéfinissable au fond des yeux. Qu'est-ce qu'elle lui veut? Il ne l'a pas sonnée, cette fille qui rit tout le temps. Il n'aspire qu'à une chose : la paix. Elle le dérange et il ne se gênera pas pour le lui faire sentir.

— Non et je ne pense pas que ça m'intéresse.

Comme air bête, on ne pourrait pas faire mieux ! Caroline se retient de le lui dire. Elle sait qu'il est farouche, mais à ce point ! Il empire avec le temps.

— Comme je suis la plus gentille des filles de secondaire 3, je vais te le dire quand même. Je suis convaincue que ça va te faire plaisir.

— J'en doute.

Ce dont il ne se doute pas, c'est que Caroline est têtue. Elle veut lui parler et il va l'écouter. Que ça lui plaise ou non !

— C'est au sujet du père de Ben.

Il crispe sa mâchoire. Son poing se ferme involontairement. Il appréhende un malheur.

— Son coma est terminé. Il va mieux. Ben a laissé ce message pour Sonia.

Elle exhibe un papier chiffonné. L'information est claire. Maxime a les yeux rivés sur les lettres qu'il déchiffre avec peine. Une émotion forte et douloureuse lui monte à la gorge. Il ouvre lentement la bouche. Lorsqu'il s'aperçoit du très léger tremblement de sa main, il reprend aussitôt le contrôle de lui-même. Il demeure toutefois moins tendu qu'à l'arrivée de la jeune fille. Elle a remarqué le changement d'attitude de Max et s'inquiète :

— Est-ce que ça va ?

— Oui, oui !

Le ton est encore sec. Elle est déçue. Elle s'attendait à… À quoi, donc? Elle ne saurait l'exprimer avec exactitude. Un peu moins d'agressivité, ce qui équivaut à un peu plus d'amitié. Elle tente un autre essai.

— Et ta sœur? Est-ce que vous êtes ensemble, maintenant?

— Oui et elle va bien. Il y a autre chose que tu veux savoir?

Autrement dit, mêle-toi donc de tes affaires! Pas besoin de faire un dessin à Caro, elle a compris. Avant d'aller à son pupitre, elle lui lance pour se venger:

— Oh! Va donc au balai, espèce de niouff à lunettes.

C'est à cet instant qu'elle se rend compte que Maxime porte effectivement des lunettes. Elle a dû l'insulter doublement. Désireuse de réparer cette gaffe involontaire, elle sort ses propres lunettes et les pose sur son nez. Un myope n'a pas le droit de ridiculiser un autre myope. Elle est persuadée que les verres que l'on accroche à ses oreilles sont un fardeau qui défigure même les plus beaux. Qu'est-ce qui lui a pris de lui dire une telle idiotie?

C

Sonia a presque couru de la polyvalente à la quincaillerie. Elle n'a pas réussi à joindre Ben au téléphone. Toute souriante, elle entre dans le magasin, pressée de connaître les dernières nouvelles. Benoît remet la monnaie à un client. Penché sur le tiroir-caisse, du coin de l'œil, il a entrevu la jeune fille.

Elle attend impatiemment que le client parte pour donner libre cours à sa joie :

— Comme ça, c'est vrai ? Il est sorti du coma ? L'as-tu ramené à la maison ?

— Le coma, c'est terminé, mais... il ne peut pas revenir ici.

— Évidemment, il faut laisser le temps à ses plaies de guérir. Mais ça ne devrait pas être long ?

Ben hoche la tête. Son envie de fêter a disparu. Sonia le remarque enfin. Alors, la plus terrible des éventualités lui vient à l'esprit.

— Ton père n'est tout de même pas...

Benoît se rend compte qu'il a mal choisi ses mots. Non, son père n'est pas mort. L'adolescent se force à sourire.

— Qu'est-ce que tu vas imaginer là ! Ce sont seulement ses jambes. Elles ne répondent plus. Il est paralysé. Peut-être pour toujours. Là, il est encore trop faible pour les exercices de réadaptation. Je n'en sais pas plus. Les docteurs ne sont pas très bavards. En attendant... je vais faire rouler la boutique. On peut souper ensemble, si ça te tente. J'aimerais que tu restes.

C

Maxime se demande pourquoi Caroline lui a lancé une insulte aussi débile : niouff à lunettes ! Pourtant il ne lui a rien fait, à cette fille. En tout cas, il ne lui a pas manqué de respect. Il s'est simplement contenté de mettre fin à la conversation.

Il se dit que les filles ne sont pas faciles à comprendre! Sa sœur la première! Depuis qu'il l'a retrouvée, elle n'est plus comme avant. Il lui est impossible de savoir comment s'est passé son séjour dans sa première famille d'accueil. Elle refuse d'en parler : pas un mot, bouche cousue! Elle le boude, de toute évidence, parce qu'avec leurs nouveaux tuteurs, elle se montre mielleuse.

Maxime n'a droit qu'à des regards froids de la part de Marie-Ève, à des insultes quand il n'y a pas de témoins et même à des coups de pied! Il va pourtant falloir qu'elle revienne à la réalité. Ces gens-là sont payés pour s'occuper d'eux. Denise Martin et François Boucher sont et demeureront toujours des étrangers.

Même s'ils sont des amis des Gélinas. La première fois que Maxime a rencontré François, il savait qu'il l'avait déjà vu auparavant. Ils habitent en face de Josiane et Daniel Gélinas. Au fond, si lui et Marie vivent maintenant dans cette nouvelle famille d'accueil, c'est un peu la faute de l'adolescent. Quand il s'est plaint aux Gélinas, quand il leur a raconté qu'il était séparé de sa sœur, Jojo a effectué une petite enquête. Grâce à son emploi au CLSC, elle a pu entrer en contact avec la travailleuse sociale chargée de leur cas. Elle a aussi suggéré à un couple d'amis sans enfants de les prendre chez eux. Ils ont accepté. Et la travailleuse sociale les a parachutés dans cette magnifique demeure.

De quoi Maxime se plaint-il? La bouffe est bonne et généreuse. Il porte des vêtements propres. On lui a même acheté des lunettes pour corriger sa myopie et il n'a plus à endurer les maux de tête que sa mauvaise vision lui causait. Il a une chambre pour lui exclusivement, au sous-sol il est vrai, mais avec un ordinateur à sa disposition. Néanmoins, ce n'est pas chez lui. D'ailleurs, ces gens sont payés pour jouer aux *baby-sitters*. Maxime est convaincu qu'ils accompliraient cette tâche aussi minutieusement si c'était le chien du voisin qu'ils devaient garder. Et Marie... Ils sont tombés amoureux d'elle. Comme tout le monde, d'ailleurs. Elle est si mignonne!

Maxime souhaite convaincre sa sœur de partir avec lui. Pas tout de suite. Lorsqu'il aura ramassé suffisamment d'argent pour leur permettre de vivre.

Dès le premier jour où il a mis les pieds dans leur maison, il a quémandé à ses gardiens la permission de livrer de nouveau le journal. Denise semblait embêtée. Pourquoi l'adolescent aurait-il besoin de ce travail? Il devrait plutôt se reposer le matin pour être plus en forme pour l'école. François s'est montré plus positif. Il trouve qu'il n'y a aucun mal à ce qu'un jeune travaille un peu. Ça développe son sens des responsabilités. Responsable! Cet homme ne se doute pas à quel point Maxime peut l'être. Assez pour se charger de sa sœur. Et il le fera lorsqu'il aura renfloué son compte de banque.

Ça lui prendra un peu de temps, puisqu'il a abandonné le travail à l'épicerie. Il réussissait seulement à s'épuiser, là-bas. Mais, étant donné que François a gagné son point, l'adolescent est redevenu camelot et ça le paie bien amplement.

Maxime trouve que ses tuteurs forment un drôle de couple! Il s'instruit à les observer.

Vivre à deux ressemble à un jeu de pouvoir où chacun accepte de concéder la victoire à l'autre selon les sujets abordés. Pour toutes les tâches ménagères, Denise est la reine incontestée. Si, par malheur, François s'en mêle, il est vivement remis à sa place par des soupirs énervés et des reproches à peine voilés. Cette femme a horreur que l'on perturbe son petit univers disposé et arrangé selon son code à elle. Maxime l'a appris à ses dépens. D'abord, quand il a voulu essuyer la vaisselle. Il était dans ses jambes. La cuisine est trop petite pour deux.

Il y a aussi eu la fois où l'adolescent a plié le linge. La sécheuse se trouve à côté de sa chambre. Marie et lui avaient besoin de sous-vêtements pour le lendemain. En entendant le signal de la fin du cycle, il est allé se servir. Et tant qu'à y être, il a tout plié. Catastrophe! Il aurait déclenché la Troisième Guerre mondiale, ça n'aurait pas été pire. Il avait osé toucher aux petites culottes et aux soutiens-gorge de madame! Et dans quel état les avait-il mis! En petites boules! C'est tout un art que de plier à plat des dessous féminins. Art que Maxime ne connaît pas. C'est une des rares choses que sa mère ne lui a pas enseignées.

De son côté, François se contente de sourire, narquois. C'est de cette façon qu'il prend l'avantage sur sa femme. À croire que rien ne le dérange. Il semble toujours satisfait ou amusé. Maxime ne sait trop. Il fixe souvent l'adolescent, ce qui le met mal à l'aise. Max n'arrive pas à savoir ce qu'il pense. François parle beaucoup, mais pour rire et ridiculiser un événement. Quand Denise est irritée, il parvient, la plupart du temps, à la dérider par une pirouette de clown. Maxime préfère l'éviter, les éviter tous les deux.

Il se cache dans le sous-sol, devant l'ordinateur. Tout un ordinateur! François a beau dire que c'est un vieux modèle, que celui qu'il utilise à son bureau est plus perfectionné, c'est mieux, et de loin, que ceux de l'école. Par simple curiosité, Maxime aimerait bien jeter un coup d'œil à cette fameuse version améliorée. Mais comme il ne s'est même jamais préoccupé de savoir en quoi consiste le travail de François, pas question d'aller voir son ordinateur.

De toute manière, moins il entrera en contact avec ces gens, mieux ce sera. Si seulement Marie-Ève voulait faire confiance à son frère, leur départ lui semblerait plus facilement acceptable.

Mais la petite Marie se montre tellement obstinée. Maxime est persuadé qu'elle a besoin d'un peu de temps, c'est tout. Oui, le temps lui apprendra que son frère a raison, qu'ils ne peuvent pas rester avec ce couple d'étrangers, qu'ils ne peuvent compter sur personne. Il n'y a que lui qui puisse l'aimer et s'occuper d'elle sans jamais la laisser tomber.

De ses doigts, Marie-Ève encercle fermement le cou de Bouboule. Pour qu'il cesse de bouger. Sinon, elle ne parviendra jamais à lui mettre le bonnet de poupée. Il ne s'agit plus du chaton en peluche qu'elle a perdu lors de son séjour dans sa première famille d'accueil. Ce Bouboule-là est vivant, tout en poils, avec griffes et crocs en prime.

Marie a convaincu Denise de lui acheter ce tigre miniature qui est vite devenu son compagnon de jeu. Compagnon involontaire que la fillette bouscule un peu trop. Lui enfiler une robe sans qu'il se sauve a été tout un exploit.

Trois coups frappés à la porte de sa chambre figent Marie. Elle rabat une couverture sur le minet juste avant que Maxime entre.

— Sors! Je ne veux pas te voir.

Son frère pousse la porte derrière lui et s'approche d'elle.

— C'est important, il faut qu'on se parle.

— Tu vas encore me dire qu'on doit s'en aller! Je ne veux rien savoir. Tout ce que tu racontes, ce sont des mensonges.

Pour empêcher que le chat se glisse hors du lit, elle le retient par la queue sous la couverture. Mécontent d'un tel traitement, le pauvre animal gigote pour se libérer. Maxime s'assoit sur le lit, près de sa sœur, du côté opposé à celui où elle emprisonne Bouboule.

— Marie, ces gens-là ne sont pas nos parents. Ils n'ont aucune raison de nous aimer.

— Je m'en fous! J'ai toujours à manger, ici. J'ai du linge neuf et des jeux. Même un X-Box! Je peux regarder la télé et des tas de films avec le DVD. Moi, je suis bien avec eux. Mieux qu'avec toi. Je ne veux plus que ce soit comme avant, jamais.

— Regarde plus loin que le bout de ton nez. Quand ils en auront assez de nous, ils vont nous jeter dehors. On va se retrouver au diable vert! Je n'ai pas envie de me faire trimballer d'un bord et de l'autre.

— Tu as juste à être fin avec eux et ils vont te garder.

— Ce n'est pas si simple que ça. Ils peuvent se débarrasser de nous pour n'importe quelle raison. Il vaut mieux que nous soyons responsables de nous-mêmes. Ça nous évitera les mauvaises surprises.

— Menteur! Je vais toujours rester avec Denise. Elle me l'a promis. Plus jamais je vais être toute seule.

— Tu rêves en couleurs. Si jamais Denise a un bébé, tu ne seras plus si importante que ça pour elle. Tu risques même de l'embêter. Elle ne se gênera pas pour te mettre à la porte.

— Ce n'est pas vrai! Ce n'est pas vrai! Elle va m'aimer tout le temps. Ce n'est pas comme toi. Personne ne t'aime. Parce que tu es méchant. C'est pour ça que papa est mort, tu as été méchant avec lui. Il ne t'aimait pas, papa. Moi, il m'aimait.

Denise m'aime. François m'aime. Tout le monde m'aime. Ce n'est pas comme toi. Tu peux bien t'en aller si tu veux, ça ne me dérange pas.

Maxime en a assez entendu. Il se lève brusquement.

— Oh! Va donc… Qu'est-ce que tu caches, encore?

Il a aperçu de l'agitation sous la couverture. Il la soulève et découvre Bouboule, les oreilles basses, agrippé aux draps.

— Et tu dis que tout le monde t'aime? Pas ton chat, en tout cas. Lâche-le, tu lui fais mal. Lâche-le!

Marie-Ève n'a pas l'intention de lui obéir. Elle tire le chaton par la queue et le serre dans ses bras tout en hurlant à son frère de sortir. Énervé par ces cris, importuné par la douleur et désirant plus que tout recouvrer sa liberté, Bouboule griffe la fillette au visage.

Elle ouvre enfin les mains et hurle de plus belle. Denise accourt avant que Max ait pu calmer sa sœur.

— Mais qu'est-ce qui se passe? Marie, tu saignes!

L'enfant se précipite dans ses bras en pleurnichant:

— C'est lui, c'est lui. Il est méchant. Il a fait peur à mon chat.

— Voyons, Maxime! À ton âge, tu pourrais laisser les plus petits que toi tranquilles.

L'adolescent juge toute réplique inutile. Marie se plaint encore:

— Ça fait mal, maman. Ça chauffe.

Denise, qui entraîne l'enfant vers la salle de bains, ne voit pas à quel point Maxime pâlit. Il quitte à pas lents la chambre de sa sœur et se rend à la sienne. Il se laisse tomber par terre, dans un coin. Ses mains tremblent. De rage. Elle n'a pas le droit, elle n'a pas le droit de l'appeler ainsi. Ce n'est pas sa mère. Sa vraie et seule mère est morte. On n'a pas deux mères. On ne peut pas en avoir deux. La traîtresse !

Puisqu'il en est ainsi, Maxime partira seul. Tant pis pour elle ! Marie a fait son choix. Il ne peut pas la traîner de force.

Une boule poilue mange ses lacets. Poilue et vêtue d'une robe de poupée. Avec des gestes doux et empreints de pitié, l'adolescent attire à lui le chaton aux rayures grises et blanches. Lentement, pour ne pas l'effrayer, il lui retire le costume dont le pauvre animal est affublé.

— Toi aussi, elle te maltraite ? C'est pour ça que tu viens te réfugier près de moi. Le sais-tu, toi, pourquoi elle agit ainsi ? Ma sœur est toute croche. Je ne la reconnais plus. Ce qui m'écœure, c'est que j'ignore comment la faire redevenir comme avant. Je ne le sais juste pas.

Longtemps, Maxime reste là à caresser le chat qui ronronne, roulé en boule sur ses genoux.

9

Monsieur Dubuc est plutôt satisfait. Non seulement du printemps qui s'annonce en cette belle journée de la fin d'avril. Pas uniquement à cause des bons résultats scolaires de ses élèves. Ce sont les activités parascolaires en électronique et en informatique qu'il anime qui lui procurent autant de joie.

Ou plus précisément un des jeunes qui y participe avec le plus vif intérêt : Maxime Langlois. Si, avant la semaine de relâche, l'enseignant s'est tracassé pour lui, aujourd'hui, toutes ses inquiétudes se sont envolées. Maxime a repris la tête du peloton. Son rendement est de nouveau supérieur à la moyenne, très supérieur. Sa concentration s'est améliorée, tout comme son physique. Il a perdu son allure de chiot affamé pour ressembler aux autres garçons de sa classe.

Finalement, Dubuc n'a pas eu à intervenir. Il avait bien songé en février à discuter du cas de cet adolescent avec le directeur mais, chaque fois, il repoussait la rencontre pour diverses raisons, le plus souvent par manque de temps. Il ignore les causes de cet heureux changement, mais se réjouit du bien-être apparent de Maxime. D'autant plus que cet élève est brillant. Et motivé!

À l'ordinateur, le garçon a fait des progrès énormes. Il doit sûrement s'exercer à la maison. La programmation ne semble avoir aucun secret pour lui. Il navigue aisément d'un répertoire à l'autre, crée des suites complexes de commandes. Il est tellement avancé qu'il peut déjà élaborer ses propres programmes, plutôt élémentaires, mais qui fonctionnent au poil.

Ses progrès sont encore plus remarquables en électronique. Malgré le fait qu'il ne possédait au départ aucune notion de base en physique, il maîtrise à présent tous les rudiments des courants électriques. Il s'amuse à en modifier la nature, la tension et l'intensité grâce à un transformateur qu'il a fignolé lui-même. Il s'attaque maintenant au problème, assez délicat, de relier ce système à un programme de commandes informatisées. L'enseignant a eu beau questionner Maxime, plus ou moins subtilement, il n'est pas encore parvenu à découvrir le but de ce travail.

Et Maxime n'a pas l'intention de satisfaire sa curiosité. Toujours aussi avare de confidences, il garde pour lui son rêve et ses espoirs. Une idée colossale, phénoménale et complètement folle a germé dans son esprit. Cette idée, d'autres avant lui y ont déjà pensé, mais il espère réellement devenir le premier à la réaliser. Depuis un mois,

il a épluché tous les livres de la Grande Bibliothèque qui traitent du sujet. À partir des monta-
gnes de notes qu'il a accumulées dans l'ordinateur
de François, il a conçu une théorie. Elle est
hasardeuse et c'est pourquoi il y croit. Dans un tel
domaine, à innover sans audace, la réussite lui
apparaît impossible.

Cet intérêt subit a été déclenché lorsqu'il a
visionné un film. Un vieux film datant du milieu
des années 1980. Un film que la plupart des jeunes
de son âge ont probablement vu plusieurs fois.
Maxime l'a découvert le soir où Marie a appelé
Denise «maman». Il se sentait déprimé, confus.
Devait-il abandonner sa sœur, la donner pour toujours à ces étrangers qui semblaient tant la désirer ?
Il n'arrivait ni à étudier ni à travailler. Alors, il a
ouvert la télé du sous-sol. Machinalement. Pour
passer le temps. Pour oublier, peut-être.

Au début, les images glissaient sur son cerveau.
Puis, saisi par le feu de l'action, il a accroché. Il a
mordu à l'hameçon et n'a plus lâché prise. Ce qui
se déroulait sous ses yeux se révélait à la fois
fantastique et réel, incroyable et plausible. Cela
résultait-il du talent des acteurs, du génie du
réalisateur ou de la recherche évidente sur le sujet ?
Quoi qu'il en soit, Maxime a voulu en savoir
davantage.

Il a loué le DVD à plusieurs reprises. Il a
même lu des romans basés sur des expériences
similaires, ainsi que des ouvrages scientifiques très
poussés. Il ne cesse de s'instruire jusqu'à ce qu'il
soit prêt à défier la vie et le destin, à son tour. Et

advienne que pourra! S'il rate son coup, tant pis, il ne sera plus là pour en parler. Assez curieusement, cette éventualité fatale ne l'effraie pas, elle l'excite. À croire que c'est cette possibilité qui le pousse dans son entreprise téméraire. Sa survie dépend de la précision de ses calculs et de l'exactitude de son raisonnement. Un défi exaltant!

Voilà pourquoi il garde le secret le plus complet sur son travail. Personne n'envisagerait une telle folie. Qui approuverait une démarche aussi incertaine? Sûrement pas monsieur Dubuc. François? Peut-être, mais Maxime se méfie de lui. Pendant les repas, en écoutant mine de rien les conversations, Max a compris qu'il est ingénieur en électronique. Il s'occupe de projets pour améliorer des systèmes de communication ou d'autres appareils du même acabit. Lorsque Maxime s'est inscrit aux activités parascolaires, François s'est montré très enthousiasmé. Il s'attendait probablement à trouver là un prétexte pour entrer en contact avec l'adolescent. Ses illusions se sont rapidement dissipées. Max s'est montré froid et distant. Il existe des sujets dont on ne discute pas. Son dessein fait partie de ceux-là. Si François avait la moindre idée de ce qu'il entreprend, il se moquerait de lui, le ridiculiserait et tenterait par tous les moyens de l'en dissuader.

Maxime accorde trop d'importance à la réalisation de son plan pour laisser qui que ce soit saboter son travail. Il a déjà concédé Marie-Ève à ces étrangers, pas question d'abandonner aussi son idée.

Monsieur Dubuc est satisfait ; Max l'est davantage. Il progresse à pas de géant. Bientôt, très bientôt, il passera à l'étape suivante : l'expérimentation ! Le test ultime où il pariera sa vie sur son succès.

Caro est en rogne. Encore une nuit blanche ! Elle ronchonne toute seule en ouvrant sa case.

— Faire des bébés à 40 ans, ça n'a aucun sens ! Des pas d'allure, mes parents. Les jumeaux, ils chialent tout le temps ! Tannée, tannée, tannée ! Je vais m'acheter des bouchons de cire. Non, des cierges, des lampions pour me boucher les oreilles. Je ne les entendrai plus. Je n'entendrai plus rien.

Qu'est-ce qu'elle ne ferait pas pour une nuit de sommeil complète ? Si un roi d'Angleterre avait déjà songé à échanger un cheval contre son royaume, pourquoi une adolescente ne troquerait pas deux bébés contre la paix ? Mais qui pourrait trouver ce marché intéressant ? Caroline soupire et prend un manuel. Encore des mathématiques !

— Quand je pense au soleil radieux dehors et que, moi, je perds mon temps à calculer en dedans, j'ai une poussée de boutons. Évidemment, c'est moins grave que les rayons machins-choses qui provoquent le cancer. Mais si j'aime ça, moi, la vie dangereuse et exaltante au grand air !

Prise à son propre jeu, elle parle de plus en plus fort, ce qui fait sourire ses voisins et voisines de vestiaire.

— Tiens! Notre Caroline nationale qui s'excite! Vas-y, t'es capable!

— Non, justement, JE-NE-SUIS-PLUS-CA-PA-BLE! Et puis, je ne t'ai pas demandé l'heure.

— Minuit et demi.

Caroline hausse les épaules et tourne le dos à l'importun qui se moque d'elle. Ce qui ne l'empêche pas de continuer à bougonner. Plongée dans une bulle de mauvaise humeur, bulle qui s'amplifie à chacune de ses paroles, elle se dirige à l'aveuglette vers l'escalier. Indifférente aux rares élèves qu'elle croise, elle ne voit Max qu'au dernier instant, lorsqu'il fonce sur elle.

Perdu dans ses pensées, il ne l'a pas remarquée. Elle se range vivement, mais pas suffisamment. Il heurte le bras de la jeune fille et tout ce qu'elle tient s'étale sur le plancher. Il s'excuse et poursuit son chemin.

— C'est ça, je suis un coton, moi? se fâche-t-elle. Bang! Je t'assomme, je fous en l'air tes affaires, je prononce les mots magiques et je me sauve.

Max s'arrête. Il est pressé et aimerait mieux s'en aller, mais il revient sur ses pas.

— Je n'ai pas fait exprès.

Caro est déjà à quatre pattes à ramasser ses affaires.

— Personne ne fait jamais exprès, mais tout le monde exagère. J'ai mon voyage, moi!

Cet accès de colère surprend Maxime. Ne trouvant rien à dire, il se contente de répéter:

— Je n'ai pas fait exprès.

— Je le sais, tu l'as déjà dit.

Accroupi, la main sur les feuilles éparpillées, il s'apprête à faire sa part.

— Je vais t'aider.

— Ah! Ce que tu es bon de bien vouloir consentir à t'abaisser pour me donner un coup de main. Veux-tu une médaille pour ton exploit?

— Charrie pas!

— T'imagines-tu que tu es le seul à avoir des problèmes dans la vie, Maxime Langlois? Tu sauras qu'il y en a d'autres qui souffrent sur Terre. Là, c'est à mon tour d'en arracher.

— Fais pas tout un plat pour un petit accrochage!

— Je ferai des plats pour ce que je veux! Ce n'est pas toi qui vas m'en empêcher.

— Si tu es pour être bête de même, débrouille-toi toute seule.

— C'est ce que je disais, je suis un coton!

Cette dernière boutade de Caroline décide Max à se relever et à partir. Caro se mord les lèvres. Mais qu'est-ce qui lui prend, aujourd'hui? Elle le rappelle avant qu'il ne soit trop loin. Il la fixe d'un air impatient. Il faut qu'elle lui dise quelque chose, mais quoi?

— Euh… je trouve que tu as beaucoup grandi, ces derniers temps.

Comme phrase idiote, on ne fait pas mieux! Maxime s'imagine qu'il s'agit probablement d'une autre insulte. Il jette un coup d'œil au bas de ses pantalons. Ils sont un peu trop courts. Il pivote brusquement.

— Caroline, tu es la fille la plus gaffeuse que je connaisse, gémit-elle, à genoux parmi son fouillis.

Elle a parlé assez fort pour que Max l'entende. Il disparaît pourtant au bout du corridor sans réagir à la plainte de l'adolescente. Elle soupire de plus belle.

— J'aurais dû rester couchée. Ça aurait été moins pire d'endurer les jumeaux que de passer pour une folle.

La cloche sonne, mais elle prend son temps. Au point où elle en est, un pépin de plus ou de moins… Même une retenue lui semblerait un événement heureux!

Benoît stationne la voiture près de la porte d'entrée de l'hôpital. Son père s'est enfin tu. Le long du chemin, qu'ils empruntent presque tous les matins à la même heure, monsieur Ladouceur a prodigué ses conseils.

Son fils ne dit rien, même si ça l'agace. Il ne répond jamais à ce chapelet de recommandations qui lui semblent bien inutiles. Il prend son père en pitié. Le pauvre homme, cinq jours par semaine, se présente à la clinique externe pour ses exercices de réadaptation. Les résultats sont pratiquement inexistants. Aussi Benoît endure-t-il, impassible, les remarques sur sa façon de conduire et sur les dangers imprévisibles qu'ils peuvent croiser à tout moment.

L'adolescent va chercher un fauteuil roulant dans le hall d'entrée. Lorsqu'il tend les mains pour aider son père à sortir de l'auto, l'homme le repousse vivement.

— Faut que j'essaie tout seul. Si tu ne me laisses pas faire, je n'y arriverai jamais. C'est de la pratique que j'ai besoin, pas de ton aide. Lâche-moi!

L'homme a les nerfs à fleur de peau. Un rien lui fait perdre patience. Il n'en possédait pas beaucoup avant, alors maintenant qu'il est cloué par sa paralysie, il explose facilement. Chaque fois, son fils soupire et attend que ça passe.

Albert Ladouceur tire le fauteuil et s'y appuie d'une main. De l'autre, il s'accroche à la poignée de la porte ouverte. Lentement, il glisse le bas de son corps vers son nouveau moyen de locomotion. Au moment de s'y asseoir, le fauteuil pivote. Il perd l'équilibre et tombe lourdement sur le sol. Si ce n'était la rapide intervention de Benoît, sa tête aurait heurté l'asphalte.

— Ça va?

— Bien sûr que ça va, merde! Tout va comme sur des roulettes. Je suis estropié, je me casse la gueule sur le trottoir, je ne peux plus rien faire dans la vie, mais ça va!

Que répliquer à cela? L'adolescent n'en sait trop rien. Il voudrait bien encourager son père, lui remonter le moral, mais aucun mot réconfortant ne lui vient à l'esprit. Pour chasser son malaise, il agit. Pas toujours de la bonne manière. Il agrippe son père sous les aisselles et le soulève pour le déposer dans le fauteuil.

— Non, Benoît, non! Dans l'auto! Il faut que j'y arrive tout seul!

Ben installe de nouveau son père dans la voiture. L'homme répète les mêmes gestes à la différence qu'il applique les freins contre les roues du fauteuil pour l'empêcher de bouger. Le fils assiste, malheureux, au lent déplacement de son père. Le physique amoindri de celui-ci le désespère. Chacune de ses paroles le blesse dans sa condition de jeune homme en pleine possession de ses facultés. Benoît, si débordant de vie, souffre de ne pouvoir partager ne serait-ce qu'une infime partie de sa vitalité avec son père.

Mais il souffre davantage du fossé qui se creuse, de jour en jour, entre son père et lui. Au mois de mars, quand il est venu le chercher à sa sortie de l'hôpital, l'adolescent affichait une fierté évidente: celle de pouvoir conduire la voiture! Les cours étaient loin d'être terminés, pourtant il en savait suffisamment pour se rendre de l'hôpital à la maison sans accroc. Stéphane l'accompagnait. Albert Ladouceur était convaincu que ce serait lui son chauffeur. La surprise s'est lue sur son visage lorsque Benoît a pris le volant. L'étonnement passé, monsieur Ladouceur a fermé les yeux pour ne les ouvrir que rendu à la maison.

Cette fois-là, il n'avait pas dit un mot, mais le jeune homme avait compris. Son père lui en voulait de ne pas l'avoir mis au courant, d'avoir pris une décision, seul, de devenir autonome. Par la suite, Ben a cherché à plusieurs reprises à l'éclairer sur ses motifs. Son père a fait la sourde oreille à chacune de ses tentatives.

Ben retient son souffle. Les bras de son père tremblent. Il n'a pas assez de force pour se soulever et se déplacer vers le fauteuil. Avec un grognement rageur, il abandonne et se laisse aller sur son siège. La déception le pousse à frapper le coffre à gants avec son poing.

Une sueur froide perle à la base des cheveux du jeune homme. L'indécision le tourmente. S'il tend une main secourable à son père, il l'insultera. S'il ne bouge pas, il se trouvera sans-cœur. Cédant à son besoin d'intervenir, il déplace le fauteuil et s'accroupit auprès de son père.

— Papa, ce n'est pas grave si tu ne réussis pas du premier coup. C'est pour ça que tu viens t'exercer, ici. Pour réapprendre tout ce que tu faisais avant. Je vais t'aider.

— M'aider! M'aider parce que je ne suis plus bon à rien!

— Non! Juste parce que, pour le moment, il faut que quelqu'un s'occupe de toi. C'est seulement en attendant que tu redeviennes comme avant.

— Et si je ne redevenais jamais comme avant? grogne monsieur Ladouceur. On peut vivre longtemps impotent, à écœurer son entourage. Le sais-tu?

Benoît tente de cacher sa déception. Pourquoi la relation est-elle si difficile entre eux ? Pourquoi son père ne parvient-il jamais à avoir une vision positive des choses et à accepter la suite des événements ? Est-ce si malaisé à comprendre que Ben n'a rien d'un premier de classe ? Que son départ de l'école est définitif ? Que dorénavant il sera présent à temps plein dans la quincaillerie ?

— Je ne connais pas l'avenir, mais je sais que ça ne m'écœure pas de m'occuper de toi. Qu'est-ce que tu t'imagines ? Ça fait 17 ans que tu prends soin de moi. Est-ce que ça t'a déplu à ce point-là ? Moi, je suis bien content de te rendre un peu la pareille.

Albert retient ses larmes. S'il était seulement question de l'aider à changer de place, de préparer les repas ou de s'occuper de la quincaillerie, il ne se plaindrait pas tant. Mais sa paralysie représente beaucoup d'autres inconvénients, plus intimes, plus gênants, plus diminuants, comme prendre un bain et mendier de l'aide pour y entrer et en sortir.

Ben a eu beau installer des barres d'appui un peu partout dans la maison, s'habituer à les utiliser exige des efforts considérables que son père n'est pas toujours en mesure de fournir. Et c'est cela qui enrage monsieur Ladouceur, la dépendance qui le lie à son fils. Auparavant, les rôles étaient inversés. Et naturels ! Un parent prend soin de son enfant, pas le contraire !

Considérant le mutisme de son père comme une approbation, Ben l'empoigne par le corps et le porte tant bien que mal jusqu'au fauteuil roulant. Il remarque les larmes sur les joues de l'homme.

— Je suis désolé, si ma façon de faire te déplaît. Ce n'est pourtant pas mon intention. Papa, je veux juste t'aider parce que je t'aime.

Il lui tapote doucement l'épaule. Son père attrape sa main et la retient fortement. Sa voix est rauque, éraillée par des sanglots retenus.

— Moi aussi, je t'aime. Mais c'est dur, vivre de même. J'aurais peut-être mieux fait de crever. Tu n'aurais pas eu à me supporter.

Benoît en demeure sidéré. Pas par la dernière phrase. Pas par cette idée de la mort acceptée par son père. Non, ce qui le surprend, c'est l'aveu de son affection. À quand remonte la dernière fois que son père lui a dit qu'il l'aimait? À tellement loin que Ben l'a oublié. Cette déclaration stimule son désir de voir son père guérir.

— Arrête de t'apitoyer. Le docteur m'a affirmé que tu as toutes les chances de t'en tirer, il suffit que tu le veuilles. Avec tes séances d'aérobie, tu vas devenir l'homme le plus en forme du quartier. Combien tu paries que cet été on va jouer au baseball ensemble? Et à l'automne, on s'inscrit au marathon de Montréal.

Albert Ladouceur n'a pas le cœur à rire, il supporte mal que son fils tourne tout à la blague. Il sourit pourtant. Son garçon a gardé sa naïveté et son entrain. S'il pouvait lui en communiquer un peu, une infime parcelle suffirait à lui redonner du courage. Car croire à un avenir rose et sans problème, n'est-ce pas se montrer naïf?

— Oui, je ne marcherai peut-être pas, mais je vais être en forme. Assez pour te lancer la balle. Tu courras à ma place.

— Pas question, tu le feras toi-même! Bon, je viens te chercher à midi, comme d'habitude.

Avant de remonter dans la voiture, il surveille son père qui entre dans l'hôpital, imprimant de vives poussées aux roues du fauteuil. Normalement, il devrait être accompagné en tout temps par une personne qui possède son permis de conduire. Dans la situation actuelle, il a choisi de passer outre à ce règlement. À part Stéphane, qui est présentement en classe, il ne voit pas qui d'autre pourrait le chaperonner. Et payer un taxi reviendrait trop cher. Alors, il se promène dans l'illégalité. Étrangement, son père n'a rien objecté à cela.

En passant devant l'école secondaire, il songe à Sonia. Il a hâte à ce soir, après la classe. Comme tous les jours, elle lui rendra visite. Il la pressera contre lui, le nez dans son cou pour se griser de l'odeur enivrante qu'elle dégage. Il ne lui a pas encore avoué son rêve: celui de l'emporter dans sa chambre pour respirer plus que son cou. Glisser les mains et la bouche sur sa peau, l'embrasser partout et…

Ben freine en catastrophe. Ce n'est pas le temps d'être inattentif et de brûler un feu rouge!

Il respire à pleins poumons pour chasser la vague de chaleur causée par la peur d'un accident potentiel. Vraiment! Le moment serait mal choisi d'emboutir une autre voiture.

10

Marie-Ève, debout dans l'embrasure de la porte, surveille Denise. La femme ne parle pas, elle prépare le souper. L'enfant devine pourtant qu'elle n'est pas contente. Marie le sent à la façon dont elle déplace les chaudrons, les ustensiles. Avec rudesse. Avec plus de bruit qu'il n'est nécessaire.

La fillette s'inquiète. Aurait-elle involontairement provoqué cette colère? Elle ne se souvient d'aucun mauvais coup commis dernièrement. Du moins, pas de vrais mauvais coups, à peine des petites bêtises. D'ailleurs, elle s'est toujours arrangée pour les imputer à son frère. Et Maxime, il s'en fout. Parce qu'il ne veut pas rester avec Denise et François. Il parle encore de partir. Malheureusement pour lui, sa sœur ne tient en aucune façon à le suivre.

Pour vivre dans cette belle maison remplie de ce qu'elle désire, Marie doit se montrer la plus gentille et la plus adorable des demoiselles. Facile!

Il suffit de ne pas tout dire. Elle va même jusqu'à déformer un peu la vérité, juste un peu. Alors, elle peut exiger presque n'importe quoi, avec un sourire et un s'il vous plaît.

Mais aujourd'hui, Denise est fâchée. Aurait-elle découvert ce que Marie cache? Non, impossible. Rien n'a été déplacé dans sa chambre. Elle a vérifié, il y a un instant à peine. Alors, pourquoi Denise ne lui sourit-elle pas?

— Maman Denise?

— Quoi?

Denise se retourne brusquement et aperçoit les yeux craintifs de l'enfant. Elle se reprend aussitôt avec plus de douceur. La petite n'est pas responsable, pas entièrement, de ce qui la tracasse.

— Qu'est-ce que tu veux?

— J'ai faim.

— Prends une pomme.

Avant même que Marie ne s'approche du réfrigérateur, Denise l'a ouvert et fouille dans le tiroir pour lui en choisir une belle, rouge et brillante. Elle lui tend aussi un bâton de fromage. C'est une habitude chez Denise. Non seulement de donner plus que l'enfant souhaite, mais surtout d'aller au-devant d'elle. Elle ne lui laisse que rarement l'occasion de se servir toute seule. Si cela tombe sur les nerfs de Maxime qui trouve qu'elle traite sa sœur en bébé, Marie adore ces prévenances dignes d'une petite princesse. Et elle en abuse abondamment.

— Enlève le cœur, s'il te plaît.

— Non, Marie. Je n'ai pas le temps. Va jouer ou regarder la télé.

Denise est vraiment en colère. Marie en est certaine, maintenant. Normalement, elle aurait accepté de couper et de peler la pomme. La fillette quitte lentement la cuisine à la recherche de son chat. Quand elle s'ennuie ou qu'elle se sent triste, c'est toujours vers lui qu'elle se tourne. Après avoir passé tout le premier étage au peigne fin, elle le découvre enfin, au sous-sol, sur le lit de Maxime.

— Bouboule, tu n'as pas d'affaire là! C'est dans ma chambre que tu dors. Maxime ne t'aime pas. Il y a juste moi qui t'aime.

Le chat, dérangé durant une de ses minutieuses séances de toilettage, cesse de se lécher les pattes de devant. Il fixe son bourreau comme s'il voulait juger de ses intentions. Sa maîtresse désire-t-elle jouer ou l'emprisonner dans ses bras? Ni l'un ni l'autre! Marie se laisse lourdement tomber à côté du chat. Elle croque dans son fruit tout en effilochant son fromage. Le nez de Bouboule frémit. Il s'approche à pas calculés pour quémander sa part.

— C'est bon, hein? Veux-tu un petit bout de pomme aussi? Denise ne file pas. Peut-être qu'elle s'est chicanée avec François. Peut-être qu'ils vont divorcer. Il y en a beaucoup, des parents qui divorcent. Je le sais, j'ai des amis à l'école qui, des fois, restent avec leur père, et d'autres fois avec leur mère. Mais moi... ce n'est pas ma mère, ni mon père...

Marie-Ève se tait et renifle. Ce qu'elle envisage lui fait peur. Pour éviter de souffrir en y pensant, elle décide de monter à sa chambre. Elle tend une main vers Bouboule qui s'éclipse et se cache sous le lit avant qu'elle ne l'attrape.

— Viens ici! Tu n'as pas le droit d'aller là. Bouboule!

Allongée sur le plancher, elle glisse un bras sous le meuble. Bouboule recule près du mur et la taquine à coups de patte. Marie, en essayant de prendre son animal, touche un objet de forme bizarre. Elle l'attire à elle. Sorti de sa cachette, l'objet lui paraît encore plus étrange.

Sur une plaquette de plexiglas sont fixés des cylindres de plastique enroulés de fil de plomb, des aimants, des puces électroniques, des petites manettes et des entrées pour des fils électriques. Marie ne comprend rien à cette découverte. À quoi son frère peut-il bien s'amuser avec ça? Le plus surprenant, c'est que cet appareil est relié à un cadran.

Curieuse, Marie regarde sous le lit et aperçoit un deuxième appareil. Il s'agit plutôt d'une boîte de bois que Maxime a dû fabriquer lui-même. Comme elle est bien scellée, la fillette ne peut en examiner l'intérieur. Sur le dessus, une série de boutons et de commutateurs attire les doigts de la petite fille. Elle les essaie tous, l'un après l'autre, mais rien ne se produit. Les voyants lumineux qui parsèment le haut de la boîte ne s'allument pas.

Bouboule, profitant de l'inattention de Marie, pique un sprint vers l'escalier qu'il grimpe d'une traite. Au même moment, la fillette entend des voix provenant de l'étage. Craignant d'être surprise par son frère, elle repousse vivement ses trouvailles sous le lit et quitte précipitamment le sous-sol.

Le cœur battant, elle s'enferme dans sa chambre et tend l'oreille. Elle s'est énervée pour rien, Maxime n'est pas encore rentré. Les voix sont celles de Denise et de François. Le ton ne ressemble pas à celui qu'ils utilisent habituellement. Marie n'aime pas ça. Elle s'enfouit sous ses couvertures et attend que l'orage s'apaise.

Dans la cuisine, ils ne se disputent pas vraiment, ils discutent.

— Ce n'est plus possible! soutient Denise. Il va falloir mettre les choses au point. Là, il dépasse les bornes.

— Bon, qu'est-ce qui est arrivé de si terrible? Max a engueulé sa sœur? Ils se sont battus pour le chat?

— Mais non! Quand je suis arrivée, Marie était toute seule…

— Max devait avoir une activité parascolaire. La petite a sa clé.

— Je le sais, mais… tout arrive la même journée!

Convaincu qu'il n'y a rien de vraiment grave, François prend sa femme par la taille. Elle se dégage de son étreinte et se hâte de parler avant lui.

— Non, écoute-moi jusqu'au bout. Il y a d'abord le professeur de Marie qui a téléphoné. Elle veut nous rencontrer ce soir, toi et moi, pour nous remettre son bulletin et… elle a des choses à nous dire.

— Oh! On va avoir droit au sermon de mademoiselle Loiselle!

— Ne ris pas! Ça doit être grave pour qu'elle prenne la peine de nous rencontrer. C'est pratiquement une mesure d'exception. Elle profite que les portes de l'école sont ouvertes ce soir pour une réunion du comité de parents, parce que pendant les heures de classe, nous ne sommes pas disponibles. J'avoue que ça m'inquiète. J'étais assez nerveuse comme ça sans l'autre affaire pour m'achever. Je te le dis, tout arrive le même jour.

François garde le silence, il sait qu'il n'a pas besoin de questionner sa femme pour qu'elle poursuive la liste des malheurs qui s'abattent aujourd'hui sur leur existence paisible. Denise hésite pourtant. Comme si elle ne parvenait pas à y croire. Comme si ce qu'elle allait dénoncer était trop énorme.

— C'est Max… Je pense qu'il nous a volé de l'argent.

François fronce les sourcils et redresse le torse. Il ne peut admettre une telle éventualité. Denise se trompe sûrement. Elle lit le doute dans ses yeux et raconte rapidement.

— Ce matin, Max est parti le dernier de la maison, juste après moi. Le portefeuille avec l'argent pour la nourriture était dans le tiroir du buffet. Je suis certaine du montant qu'il y avait dedans. Je l'ai compté avant mon départ. J'ai pris un billet de 20 pour acheter quelques petites choses comme du lait et du pain, en revenant ce soir. Maintenant, il manque 50 $!

— Tu es certaine ?

— Oui ! J'ai compté et recompté. Max a pris de l'argent. Quand je pense qu'il va falloir le laisser seul à la maison avec sa sœur, ce soir…

François se porte à la défense de l'adolescent.

— D'accord, il manque de l'argent, mais rien ne prouve que ce soit Max.

— Qui veux-tu que ce soit ? s'énerve Denise. Tu ne crois tout de même pas que Marie…

— Marie-Ève est jeune. À cet âge-là, on ne réalise pas toujours complètement la signification de nos gestes. Sans appeler ça du vol, elle a peut-être juste voulu avoir de l'argent pour elle.

— Je ne suis pas d'accord, François Boucher ! Marie n'a rien à voir dans cette histoire. Je te trouve pas mal prompt pour l'accuser, cette pauvre enfant !

— Je peux te renvoyer la remarque en ce qui concerne Maxime.

Denise se plante devant son mari et se vide le cœur à propos de l'adolescent.

— Oublies-tu toute la nourriture qui disparaît parce qu'il mange en cachette ? Quand je découvre qu'une nouvelle boîte de biscuits a disparu, il commence par jouer à celui qui ne sait rien pour finalement avouer que c'est lui qui l'a prise. Je n'appelle pas ça de la franchise.

— Il est peut-être seulement gêné de demander à manger.

— Mais on le nourrit, pourtant! Il a droit à ses trois repas par jour. Je lui sers des assiettes pleines.

— Tu ne le prives pas, c'est vrai. Mais un adolescent, ça bouffe tout le temps. Quand j'avais son âge, je mangeais plus qu'aujourd'hui.

Denise se sent de plus en plus irritée. D'après elle, François refuse de regarder la réalité en face.

— Ce n'est pas la nourriture, le problème, c'est la franchise. Je n'admets pas qu'il agisse dans mon dos. Tu sais à quel point Marie se plaint de tout ce qu'il peut lui faire quand on ne le voit pas agir.

— Il ne faut pas prendre tout ce que la petite raconte pour des vérités d'évangile. J'ai l'impression qu'elle exagère un peu les méfaits de son frère.

— Marie n'est pas menteuse, elle ne se plaindrait pas pour rien. D'ailleurs, Maxime ne se défend pas tellement quand elle le dénonce. À vrai dire, il ne se défend pas du tout: il se tait tout le temps. Pas moyen de communiquer avec lui! J'ignore ce qu'il fait, ce qu'il pense! J'ai l'impression de vivre avec un étranger dans la maison.

— C'est juste un garçon un peu renfermé. Si on lui en laisse la chance, il va finir par s'acclimater à nous. Il a des bons côtés: il travaille bien, ses notes sont excellentes, il ne court pas les rues, le soir…

— Mais il n'est toujours pas rentré et il a 50 $ à nous dans ses poches. Oh oui! Pour travailler, il travaille. Il travaille tellement qu'il ne lâche pas l'ordinateur et qu'il se couche à des heures impossibles.

Denise est surexcitée. Sa voix a monté d'un ton. Elle se tait subitement en entendant des pas dans l'escalier extérieur. Elle se dirige vivement vers la porte et l'ouvre. Maxime, le pied sur la dernière marche, un sac à la main, s'immobilise. Elle ne lui laisse pas l'occasion de dire un mot :

— C'est à cette heure-là que tu arrives! Où étais-tu passé?

Il entre silencieux, prudent. La porte refermée, il dit enfin :

— J'ai fini tard à l'école. Après, je suis allé acheter du lait.

Il fouille dans la poche de son jean et dépose sur la table une poignée de dollars et des pièces. Denise les ramasse en vitesse pour les compter : 43,62 $. Mal à l'aise devant tant de précipitation, Max explique tout en ouvrant le réfrigérateur pour y mettre le lait :

— Il y avait seulement des gros billets dans le portefeuille. J'ai dû prendre un billet de 50 $.

Il constate à ce moment qu'un autre sac de lait est déjà au froid. Denise, sous l'effet de la rancœur, lui dit d'un ton sec :

— J'en avais déjà acheté. Ce n'était pas nécessaire que tu le fasses. La prochaine fois, tu m'avertiras avant de prendre de l'argent.

— Je peux aller reporter le lait, si vous voulez.

Il n'en a pas vraiment envie. Il a suggéré cela uniquement pour que Denise change d'attitude. François intervient :

— Oh! Ce n'est pas grave. On a deux petits veaux dans la maison, on a besoin de beaucoup de lait. On peut aussi faire des poudings. Ça fait longtemps que je n'en ai pas mangé. Hein, Denise? Qu'est-ce que tu en penses?

Il la fixe dans les yeux, lui lançant un message muet. Elle sourit enfin. Le cœur n'y est pas complètement, mais elle se radoucit.

— D'accord pour les poudings.

Elle se tourne face au comptoir pour s'occuper du repas et cacher sa déconvenue. Sans jeter un coup d'œil derrière elle, elle ajoute pour Maxime:

— Ce soir, François et moi, nous devons sortir. Tu vas t'occuper de ta sœur.

— C'est vrai. Il faut qu'on aille voir son professeur. On ne devrait pas rentrer trop tard.

Max approuve d'un signe de tête, il prendra soin d'elle. Il garde pour lui la question qui le harcèle soudain. Qu'est-ce que Marie-Ève a bien pu faire pour que mademoiselle Loiselle exige une telle visite? Marie se comporterait-elle mal en classe? Il en oublie presque l'accueil rébarbatif de Denise. C'est peut-être pour cela qu'elle s'est montrée si revêche.

En passant devant la chambre de Marie, Max se retient d'y entrer. À quoi cela lui servirait-il d'aller l'interroger sur les motifs de la rencontre avec son institutrice? De toute façon, maintenant, ce n'est plus à lui de se préoccuper de l'éducation de la fillette. Denise et François ont hérité de cette tâche. À eux de se débrouiller!

Il descend rapidement au sous-sol et dépose son sac à dos sur son lit pour en vider les pochettes. Ses achats à la boutique d'antiquités le satisfont pleinement. Jamais il n'aurait pu trouver ailleurs ces objets si utiles à son expérience. Avec délicatesse, il examine chacun d'eux : un bouchon de cristal et de minuscules bols en porcelaine (parfaits comme isolateurs), ainsi qu'une vieille montre de gousset.

L'oignon, comme on l'appelait dans l'ancien temps, en argent brillant et poli, pèse lourd dans sa main. Et dans son compte de banque ! Mais qu'importe ! L'adolescent est convaincu de ne pas avoir gaspillé inutilement son argent. *Primo*, parce qu'il s'agit d'une montre à ressort qui ne risque pas de se détraquer sous l'effet d'ondes électromagnétiques comme le ferait une montre au quartz. *Secundo*, ce reliquat du passé lui portera bonheur. Max découvre avec amusement qu'il n'échappe pas à la superstition. Il place les aiguilles à l'heure juste et remonte le mécanisme. Le tic-tac sonore l'encourage à aller de l'avant.

Maxime se sent prêt. Bientôt, il passera à l'action. Cette raison le pousse à se détacher davantage de Marie. Qu'elle s'arrange avec sa nouvelle famille !

11

François conduit silencieusement. À quoi bon accabler davantage sa femme de reproches inutiles? Denise le sait qu'elle a jugé Maxime trop vite. L'adolescent était animé d'une bonne intention. Il est difficile d'exiger de lui qu'il change ses vieilles habitudes. Voir à ce qu'il ne manque rien d'essentiel dans le réfrigérateur faisait partie de ses tâches avant qu'il soit placé en famille d'accueil.

Les autres accusations ressemblent plus à des broutilles. Rien de sérieux dans tout cela. Par contre, François s'inquiète du malaise qui existe entre Denise et Maxime. Ils ne parviennent pas à communiquer. Et lui-même, réussit-il à entrer en contact avec le garçon? Pas vraiment, il doit bien l'avouer. Il essaie, pourtant, par tous les moyens possibles. Mais, chaque fois, Max se referme comme une huître. Comment ouvrir la coquille sans la briser?

Serait-il plus traumatisé qu'il en a l'air par la mort de son père? C'est ce que Josiane et Daniel Gélinas prétendent. Ils connaissent Maxime depuis plus longtemps que François. Avant l'accident, ils avaient tissé des liens d'amitié. Maintenant que l'adolescent demeure en face de chez eux, il ne leur parle plus. Il les évite même. Comme s'il traînait un poids honteux. Celui d'être le fils d'un voleur, d'un bon à rien. Combien de temps encore pour qu'il oublie, pour qu'il enterre cette histoire et passe à autre chose? Ce Maxime est tout le contraire de sa sœur.

François sourit en pensant à la petite fille. Vive, enjouée et attachante, elle s'est adaptée si rapidement à son nouveau chez-soi que Denise la considère comme sa propre enfant. La femme cède d'ailleurs à tous ses caprices. D'après elle, la fillette a tellement été privée de tout, et surtout de l'essentiel, qu'il lui faut la dorloter. Comme pour rattraper ce qu'elle aurait perdu. Même si ce raisonnement embête un peu François, il ne s'y oppose pas.

À la porte de l'école, Agnès Loiselle les attend. Après les avoir guidés vers sa classe où ils s'installent, elle entame la conversation. L'institutrice est une femme directe qui ne tourne jamais longtemps autour du pot. Elle s'en excuse plus ou moins:

— Je me doute bien que votre temps est précieux et j'en apprécie davantage votre présence ici, ce soir.

Denise croit bon de motiver leur déplacement:

— Oh! Vous savez, c'est la première fois que nous nous occupons d'enfants. Tout ce qui concerne l'éducation est nouveau pour nous. Vous sembliez trouver très important qu'on vous rencontre ; on ne pouvait pas refuser de venir.

Mademoiselle Loiselle sourit et hoche la tête. Ces gens lui paraissent bien intentionnés. La réunion portera probablement fruit.

— Malheureusement, ce que j'ai à vous annoncer est plutôt négatif. Au début de l'année, Marie-Ève était à son affaire. Obéissante, elle ne dérangeait personne ; ses travaux remis à temps ; son étude faite ; elle obtenait de bons résultats malgré les problèmes familiaux.

Elle fait une pause pour chercher ses mots. Il y a des sujets plus ardus que d'autres à aborder.

— Les enfants ne racontent pas tout à leur professeur, mais on en devine beaucoup. Déjà, à l'automne, je savais que sa vie n'était pas rose, mais elle le cachait bien. Jamais elle n'aurait avoué à ses camarades de classe les privations qu'elle subissait. Manque de nourriture, aucune attention de la part de son père…

— Nous savons, l'interrompt François. La travailleuse sociale nous a renseignés sur son cas. C'était la misère totale.

— Un vrai cauchemar pour elle, renchérit Denise.

— Et pour Maxime, insiste Agnès Loiselle. Je le connais bien. Je l'ai eu dans ma classe. Un bon garçon ! Bon à tous les points de vue, mais surtout avec sa sœur. Ça fait plus de deux ans qu'il la couve. Leur mère est morte quand Marie-Ève était en maternelle.

Denise s'agite nerveusement sur sa chaise. Elle ne voit aucune utilité à tout ce bavardage sur le passé. Elle s'est déplacée jusqu'ici pour parler de Marie, pas de Maxime, ni de leur mère. Mademoiselle Loiselle remarque son impatience et décide de changer de tactique.

— Les résultats de Marie-Ève à ses derniers examens sont lamentables. Elle vaut beaucoup plus que ça. En français, en mathématiques, en sciences de la nature, ses évaluations ont chuté bien en dessous de ce qu'elle vaut. En octobre et en décembre, elle se situait parmi les premières de la classe. Fin février, elle commençait à tirer de l'arrière, mais il n'y avait rien de dramatique. Tandis qu'aujourd'hui…

Denise, se sentant directement accusée de cette dégringolade, réplique :

— Mais cette baisse, vous deviez la prévoir au fur et à mesure de ses travaux. Pourquoi avoir attendu aussi longtemps pour nous prévenir ?

— Je vous ai écrit. À plusieurs reprises ! J'imagine que les messages ne se sont jamais rendus, puisque vous semblez si surprise.

— Marie n'aurait pas caché…

François coupe la parole à sa femme. Il aime bien la fillette, mais, contrairement à Denise, il ne la place pas sur un piédestal.

— C'est une réaction d'enfant. Elle a dû avoir peur d'être punie.

— Mais, voyons donc, on ne l'a jamais punie.

Mademoiselle Loiselle intervient. Les chicanes de parents qui ne s'entendent pas ne règlent rien.

— Je ne m'inquiète pas seulement pour ses résultats scolaires. Toute son attitude a changé. Elle ne se tient plus avec les mêmes enfants. Elle invente des histoires invraisemblables pour se faire remarquer. Par exemple, elle a capturé un tigre qu'elle garde dans sa chambre. Le mensonge en lui-même est assez comique. C'est le fait qu'elle insiste tellement pour le faire croire aux autres qui me laisse perplexe. Mais ce qui me dérange le plus, c'est la détérioration de sa relation avec Maxime.

Encore Maxime! Denise, facilement irritable ce soir, pince les lèvres pour retenir un soupir. Pourquoi tant d'insistance à mêler le garçon aux problèmes de sa sœur?

— Ce que je désirais vous faire saisir tout à l'heure, c'est l'importance de son frère dans la vie de Marie-Ève. Auparavant, il la soutenait et la protégeait à tout moment. Il l'aidait régulièrement dans ses devoirs. Oh! Je me doute bien qu'il devait se montrer strict envers elle. Il ne pouvait pas se permettre de réaliser tous ses vœux, mais il lui donnait beaucoup d'affection. Et Marie parlait toujours en bien de lui. Ils étaient visiblement très attachés l'un à l'autre. La Marie-Ève d'aujourd'hui ne trouve que des défauts à son frère. Elle l'accuse de tout et de rien. Maxime s'est soudainement transformé en monstre.

Denise hausse les épaules. Comment pourrait-elle savoir si Max a changé? Elle ne le connaissait pas, avant qu'il habite chez elle. Elle rejette l'idée qu'elle puisse être pour quelque chose dans cette métamorphose. François, plus réceptif, plus conciliant, admet :

— Je suppose qu'ils sont encore, tous les deux, sous l'effet du choc de la mort de leur père et surtout considérant la façon dont ça s'est produit. Je ne sais pas grand-chose de Maxime, sauf qu'il est très difficile d'approche. Il parle peu, mais il doit accomplir ses travaux scolaires et étudier, puisqu'il obtient de bonnes notes. D'ailleurs, de ce côté-là, lorsque je veux voir ses cahiers ou ses examens, il n'a aucune réticence. Ce n'est pas un enfant à problème.

Denise n'est pas d'accord. Et elle ne se gêne pas pour le dire.

— Pour l'école, ça va. Mais avec sa sœur, c'est la guerre. J'ai dû lui interdire de se mêler des affaires de Marie, surtout pour l'étude. La petite se plaignait tout le temps qu'il exagérait sur son dos. Il la disputait pour des riens, l'empêchait de jouer…

— Pour l'obliger à travailler ? suggère Agnès. En deuxième année, on n'exige pas tant que ça des élèves, mais il y a un minimum à faire, comme apprendre par cœur son vocabulaire.

L'institutrice se lève et va ouvrir un pupitre. Elle y trouve ce qu'elle cherche : l'agenda de Marie-Ève. Elle le rapporte à Denise.

— Marie devrait l'apporter tous les soirs pour savoir ce qu'elle doit étudier. Et il doit être signé par vous toutes les semaines.

Denise feuillette le carnet. De septembre à février, elle lit la signature de Maxime, ensuite… sur chaque page, une imitation de sa propre signature. Une imitation bien imparfaite, exécutée par une petite main d'enfant, la main de Marie! François, penché vers sa femme, constate comme elle que la fillette les a bernés depuis deux mois. Silencieux, ils écoutent les recommandations et les exigences de mademoiselle Loiselle pour que Marie puisse récupérer et passer son année. Avant qu'ils ne quittent l'école, elle tente de replacer l'événement dans une plus juste perspective.

— Marie a un bon fond. Elle réagit à sa manière à une situation qui la dépasse. Un simple déménagement peut perturber un enfant, alors si on ajoute à ça un deuil et un changement de famille… Marie est plus bouleversée qu'elle n'en a l'air. On dirait qu'elle essaie de profiter du meilleur que vous lui donnez avant que ça disparaisse. J'espère surtout qu'elle ne s'éloignera pas davantage de son frère. La seule famille qui lui reste, c'est lui.

Cette dernière phrase trotte longtemps dans la tête de Denise. Assise bien droite sur le siège de la voiture, elle digère difficilement cette affirmation et tout ce qu'elle a entendu durant la rencontre.

— On passe pour deux novices maladroits et assez candides.

— C'est un peu ce qu'on est.

— Ça ne te dérange pas de te faire prendre pour un imbécile?

— Voyons, Denise, pourquoi tu t'énerves autant? Qu'est-ce qui te choque le plus? Que Marie nous ait joué dans le dos ou que ce soit son professeur qui nous l'ait appris?

Rageuse, elle ne répond pas immédiatement. Elle admet avec peine une tricherie de la part de la fillette. Malgré les preuves, elle croit encore à l'innocence de Marie. Se rendre à l'évidence bousculerait trop son opinion sur l'enfant. Elle dévie la conversation.

— Je veux bien croire que Maxime est son frère, mais nous sommes là, maintenant. Nous sommes aussi compétents que lui pour veiller sur elle.

— Ta compétence et ta bonne volonté ne sont pas remises en cause.

— Presque pas! Le message était pourtant clair. Max était bien meilleur que nous.

— Denise, on prend une pause, d'accord! On respire profondément, on relaxe et, demain, on en rediscutera. Avec les nerfs à vif, on ne parviendra pas à s'entendre.

Denise se tait, les yeux dans le vide, le visage contracté. Entre elle et son mari, une convention tacite s'est créée avec le temps. En présence d'un conflit trop émotif, on remet à plus tard les discussions qui risquent de mal tourner. François a horreur des scènes de ménage et Denise ne court pas après.

Parvenus à la maison, au moment où elle va mettre le pied sur la première marche, François la retient par la manche. Le doigt sur la bouche, il lui commande de garder le silence. Puis, il pointe la fenêtre de la cuisine. À travers le mince rideau de dentelle, Denise aperçoit Marie-Ève, qui devrait dormir à cette heure tardive, en train d'inspecter le garde-manger.

François, amusé par cette découverte, chuchote :

— Il y a un écureuil affamé dans la maison. Tiens, tiens, elle va aller manger dans un endroit plus discret.

Marie quitte effectivement la cuisine, les bras chargés de boîtes. François entraîne Denise sous la fenêtre de la chambre de la fillette. Ils voient clairement Marie pousser une chaise pour atteindre la tablette au haut de sa garde-robe. Elle y dépose ses provisions, les camoufle avec des vêtements et retourne se coucher.

— Ça alors ! murmure Denise. C'est elle qui fait disparaître les biscuits. Mais... Maxime... Pourquoi est-ce qu'il...

— Pourquoi Maxime se laisse-t-il accuser à sa place ? C'est son ange gardien. Mademoiselle Loiselle a raison, il l'a toujours protégée. À sa façon. D'ailleurs, où est Maxime pendant que sa sœur commet ses mauvais coups ?

Ils entrent dans la maison. Le bruit de la douche qui coule répond à la question de François. Il cogne à la porte pour prévenir Max de leur retour. Ensuite, sur la pointe des pieds, le couple s'approche de la chambre de Marie. Elle fait semblant de dormir. Denise meurt d'envie de la secouer pour lui dire qu'elle n'est plus dupe de ses agissements. François la retient et l'attire dans leur chambre. Là, après avoir fermé la porte, il éclate de rire.

— Elle est forte en ketchup !

— Ça te fait rigoler ! Moi, ça me fâche. Elle obtient des notes désastreuses à l'école, elle n'étudie jamais, elle imite ma signature et elle fait passer son frère pour un voleur. C'est loin d'être un comportement d'enfant sage.

— Évidemment, c'est celui d'une fillette normale. C'est vrai, il n'y a rien de drôle là-dedans. Elle a peur. Peur de manquer de nourriture. Elle accumule au cas où... nous ne lui en donnerions plus.

— Voyons, il n'y a pas de raison que nous la privions !

— Nous pourrions décider de la mettre à la porte.

— Jamais de la vie ! Marie est ici pour rester. Nous avons toujours désiré avoir des enfants. Sans succès. Je ne veux pas me débarrasser d'elle.

— Je le sais, mais elle, elle l'ignore.

Denise, qui s'était assise au pied du lit, se relève avec détermination.

— Je règle ça tout de suite. Je vais la rassurer, lui dire qu'elle n'a rien à craindre.

— Pas ce soir, laisse-la s'endormir. Ton intervention risque de la déranger davantage. Non, demain, nous fouillerons sa chambre et nous aurons une bonne discussion. Nous serons plus calmes, aussi. Ça nous donnera le temps de nous préparer mentalement.

Elle piétine un instant sur place et accepte finalement d'attendre. Elle se rassoit pour se déchausser et retirer ses bas. François, les mains dans les poches de son pantalon, la regarde agir un instant avant de s'informer :

— Et Maxime ? Est-ce qu'il est ici pour rester, lui aussi ?

Elle hésite, prise au dépourvu, et sourit enfin.

— Bien sûr ! Les deux font la paire. Difficile de les séparer. D'ailleurs, c'est ton préféré, non ?

Il émet un rire gêné. Il éprouve beaucoup d'affection pour Marie, mais pour Max, il ressent une émotion spéciale. C'est la concrétisation d'un vieux rêve.

— À peine, se défend-il.

— Si seulement il parlait davantage.

— Justement, demain, nous aurons une bonne conversation avec les deux. Pour l'instant, j'ai atteint mon quota de turbulences émotives.

— Petite nature, va ! Ça ne t'en prend pas beaucoup pour t'épuiser.

— Ah ! C'est ce que tu crois ! Je vais te prouver le contraire.

Il l'enlace et la plaque sur le lit tout en lui embrassant le cou avidement. Elle ne se débat pas vraiment, mais résiste verbalement.

— Arrête ! Si les enfants nous entendent, qu'est-ce qu'ils vont penser ?

— Tais-toi et ils ne se rendront compte de rien.

Au sous-sol, frais lavé, les cheveux encore mouillés, Max prend place devant l'ordinateur. Il veut réviser ses calculs. Une dernière fois. Il a fixé l'heure H à demain, juste avant le lever du soleil. Un calme étrange s'est installé en lui. Il avait craint que l'excitation de ce moment tant attendu n'empêche sa matière grise de bien fonctionner. Il n'en est rien. Sa pensée est claire, logique comme une mécanique bien huilée.

Il vérifie aussi ses appareils. Parfait! Tout est en ordre. Il actionne son réveille-matin et éteint l'ordinateur et la lumière. Allongé sous les couvertures, il s'oblige à respirer lentement, en cadence. Il sourit malgré lui. Il est enfin prêt et personne ne se doute de rien.

Au son du réveil, Maxime s'est habillé. Jean noir, chemise vert sombre sur une camisole blanche, souliers de cuir et même un veston. Pour ce grand jour, il veut paraître à son meilleur.

Il met en marche l'ordinateur, branche ses appareils, installe les fils qui relient tout son système. Pendant que les commandes défilent à l'écran, il actionne des manettes, tourne des boutons. Les voyants lumineux s'allument, les chiffres du cadran se placent. Il remonte l'oignon et le met dans la poche de son veston. Il glisse à son poignet un bracelet de cuivre. Le contact du métal froid sur sa peau le fait frissonner.

Il a une dernière pensée pour sa sœur. Peut-être ne la reverra-t-il jamais.

Mais il est trop tard pour reculer.

Il appuie résolument sur le commutateur. La secousse est violente. Un pétillement douloureux le parcourt de la tête aux pieds. Son corps entier tressaille sous la force de l'impulsion. Tout s'agite autour de lui comme si un tremblement de terre faisait vibrer sa chambre. Max essaie désespérément de lire les chiffres sur le cadran. Mais tout s'embrouille devant ses yeux. Le souffle lui manque. Une crispation au cœur le jette en bas de sa chaise. Au même instant, tout s'obscurcit. Max ne ressent plus rien.

C

Un soleil radieux éclaire la chambre. François s'étire paresseusement. Relevant la tête, il cherche l'heure des yeux, mais les chiffres lumineux de son réveil sont éteints. Il étend la main jusqu'à sa montre.

— Merde! Sept heures et demie! On est en retard. Lève-toi, Denise.

— Comment ça, le réveil n'a pas sonné?

— Non, ça a tout l'air qu'on a une panne.

Il enfile un pantalon en vitesse et va actionner le commutateur du plafonnier qui demeure éteint.

— Une panne au mois de mai. Saleté d'électricité!

Il court à la porte arrière de la maison et constate que les journaux de Maxime sont encore sur le balcon. Lui aussi dort encore.

— Allez! Debout tout le monde! Marie, tu te dépêches, claironne-t-il en entrant dans la chambre de la fillette qui grogne une vague réponse.

Il en ressort aussi vite pour se diriger vers l'escalier du sous-sol. Il se penche au-dessus de l'escalier.

— Max! Max! Grouille-toi. Ton heure est passée depuis longtemps.

Il se retourne, mais se ravise pourtant. Il tend l'oreille. Aucun bruit ne parvient du sous-sol. Il descend quelques marches.

— Max! Est-ce que tu m'entends? On est en retard. Max!

Pas de réponse. Tout le sous-sol demeure silencieux. Intrigué et impatienté, François se rend jusqu'à la chambre du garçon. Il pousse la porte et fige sur place. Le corps de Maxime tordu par la douleur gît sur le plancher. Lentement, avec d'infinies précautions, François le tâte, l'examine avec inquiétude:

— Max, mon petit bonhomme, qu'est-ce qui t'arrive? Est-ce que tu m'entends?

Non, Max n'entend rien. Il est inconscient. Il respire à peine, avec un sifflement qui ressemble à une plainte. Un léger frisson le parcourt. À la vue du bracelet et du fil électrique qui y est attaché, François conçoit une idée abominable qu'il n'ose pas vraiment croire.

— Denise! Denise! Max est blessé. Appelle le 9-1-1!

Aussitôt ce cri lancé, François se mord les lèvres. Ce n'est pas une façon d'apprendre la nouvelle à Marie-Ève. Denise apparaît déjà dans l'escalier, la fillette à ses côtés.

— Mais qu'est-ce que tu as à t'énerver comme ça? Ce n'est sûrement rien de grave.

François ne lui répond pas. Il s'adresse plutôt à la petite fille.

— Marie, remonte en haut. Il n'y a rien d'intéressant pour toi, ici. Non, Marie, n'avance pas.

La petite ne l'écoute pas et dégringole les dernières marches. Avant que Denise ne l'ait rattrapée ou que François ne puisse s'interposer, elle s'accroupit auprès de son frère. Ses mains tremblent et des larmes coulent sur ses joues.

— Il est parti. Max est parti comme maman, comme papa. Tu n'as pas le droit, Max, pas le droit!

Elle se redresse et remonte au pas de course. Denise est trop surprise pour essayer de la retenir. Elle fixe Max, son cerveau refusant d'accepter l'évidence.

— Mais qu'est-ce qui lui arrive?

— Je crois qu'il a voulu se suicider. Avec une décharge électrique. Va appeler une ambulance, ça presse. Nous nous occuperons de Marie plus tard.

Denise s'exécute pendant que François enlève le bracelet de Max.

12

Caroline n'y tient plus. La curiosité la tenaille. Une certaine angoisse aussi. S'il avait changé d'école? Dans sa situation, c'est une possibilité. Il suffit qu'on l'ait placé dans une famille d'accueil à l'autre bout de la ville et elle ne le reverra jamais.

Si au moins elle pouvait se confier à quelqu'un. Mais confier quoi? Qu'elle a le béguin pour un garçon qui ne la regarde pas, qui l'évite, qui s'en fout complètement d'aimer une fille! Sonia lui rirait au nez, si elle lui en parlait. Encore heureux que Caro ait réussit à lui cacher cela, malgré ses imprudences. Oui, vraiment, Sonia la traiterait de folle, si elle savait.

Ces dernières semaines, Caroline a imaginé tous les moyens possibles, effectué des détours incroyables, fait des gestes imbéciles, dans l'unique espoir de croiser Max. Une rencontre fortuite l'emballe et la déçoit en même temps. Il ne la voit pas. Ou il feint de ne pas la voir.

Aujourd'hui, Caro se sent misérable. Max ne s'est pas présenté en classe hier, ni ce matin. Ce n'est pas dans ses habitudes de manquer pour rien. Ou il a quitté définitivement l'école ou... il est malade. Caro s'accroche à cet espoir. Mais comment en être assurée ? En vérifiant auprès de Marie-Ève !

Caro se décide sur un coup de tête. Dès la fin du premier cours de la journée, elle se faufile jusqu'à la sortie de la polyvalente et file vers l'école primaire. La chance est avec elle. Les petits sortent justement pour leur récréation. Au bout d'un instant, elle découvre Marie, seule, appuyée à la clôture.

La fillette ne joue pas. Son air triste renforce les appréhensions de l'adolescente. Pour ne pas l'effaroucher, elle s'accroupit près de la grille et l'aborde avec douceur.

— Salut, ma pitchounette. Ça ne va pas ?

Marie renifle avant de répondre. Ses lèvres tremblent un peu. Elle aime bien Caroline. Souvent, après la classe, l'adolescente fait un bout de chemin avec elle. La petite lui parle de tout, de n'importe quoi. De sa nouvelle famille, de Bouboule et même de Max. Si, habituellement, elle se fait tirer l'oreille pour aborder ce dernier sujet, aujourd'hui, il en va autrement.

— Max a failli partir pour toujours. S'il fait encore ça, je ne le verrai plus jamais.

— Partir comment ? Il voulait se sauver, faire une fugue ou changer de famille ?

— Non, partir comme ma mère et mon père. Il s'est arrangé pour mourir.

Caroline est atterrée. Un suicide! C'est impossible! À 15 ans, on ne peut pas désirer mourir. Marie se trompe sûrement. Pourtant elle continue:

— Ils l'ont emmené à l'hôpital. Max avait arrangé toute une patente électrique autour de son bras. Denise dit qu'avec ça, il aurait pu faire sauter la maison.

— Mais il a raté son coup?

— Oui, dans deux ou trois jours, il va pouvoir revenir chez nous. Je ne veux pas qu'il recommence. Je n'aurais jamais dû lui dire qu'il était méchant et que ça ne me faisait rien qu'il parte. C'est ma faute. Je ne veux pas qu'il meure…

Marie-Ève pleure à chaudes larmes. Si cette clôture ne les séparait pas, Caro prendrait l'enfant dans ses bras pour la consoler. Ses paroles ne suffisent pas à la calmer. Mademoiselle Loiselle, qui surveille la cour, s'avance vers elles. Elle s'est aperçue de l'attitude inhabituelle de la petite fille. Déjà au courant des malheureux événements, elle se charge d'apaiser et de réconforter Marie.

L'œil suspicieux, elle conseille à Caro de s'éloigner. Sa présence ne réussit qu'à raviver le chagrin de Marie-Ève.

Encore ébranlée, Caroline revient lentement vers l'école secondaire, mais elle se ravise et fait demi-tour. Elle longe tout le boulevard de La Passerelle, traverse celui des Églantiers et entre résolument dans l'hôpital.

Maxime a les yeux fermés, mais il sait que François l'observe depuis un bon moment. L'homme se tient debout au pied du lit, appuyé contre la table à roulettes qu'on trouve dans toutes les chambres d'hôpital. Max l'a reconnu à son pas et à son parfum. Et d'ailleurs, qui d'autre viendrait lui rendre visite? François attend que l'adolescent se réveille. Mais celui-ci n'a aucune envie de le voir, ni lui ni personne d'autre.

— Max, arrête de faire semblant de dormir. Il faut que nous discutions.

Le garçon se doutait bien que son tuteur dirait ça. Puisqu'il ne peut espérer reculer cette fatalité éternellement, il ouvre les yeux. François est exactement là où il le supposait. De plus, il sourit, moqueur et malicieux. Quel changement d'attitude! Il est vrai que Maxime était à moitié K.O. hier, et que François a passé toute la journée à son chevet, nerveux et inquiet. Maintenant, il se montre calme, sûr de lui. Maxime est certain qu'il a pris une décision: ses tuteurs vont le réexpédier aux bons soins de la travailleuse sociale.

— Tu es un petit malin, toi! dit François sans cesser de sourire. J'avoue que j'ai marché à 100 milles à l'heure. Pas seulement moi, tout le monde y a cru.

« Croire à quoi? Il n'a tout de même pas découvert la vérité… », songe Maxime.

— Ta tentative de suicide, c'est le fruit de notre imagination. Ou plutôt, la seule conclusion plausible à ton accident. Conclusion que tu n'as pas cherché à contredire!

Maxime se mord les lèvres et se traite intérieurement d'imbécile. Peu importe comment François a pu tout découvrir, maintenant il s'amuse à ses dépens. Le garçon est convaincu qu'il se paye sa tête.

— Ce qui m'embêtait le plus dans ton histoire, poursuit François, c'était la lettre manquante. Oui, habituellement, si quelqu'un décide de mettre fin à ses jours, il laisse un message pour justifier cet acte de désespoir.

Si cet homme croit que Maxime va le renseigner sur quoi que ce soit, il se trompe royalement. Ce qui se passe dans son esprit ne concerne que lui. Pourtant, François s'approche du garçon, se tire une chaise et s'installe confortablement. L'entretien risque d'être long.

— Mais tu n'as rien écrit et pour cause! Même si tu joues avec le feu, tu veux vivre.

Ses yeux sont rivés à ceux de Maxime. Il sourit de plus en plus. Il sait tout, c'est évident. Mais comment a-t-il pu s'y prendre? Sans le mot de passe, il ne pouvait ouvrir les fichiers de recherche de l'adolescent.

— Ce qui m'a mis la puce à l'oreille, c'est lorsque j'ai rétabli le courant. L'ordinateur s'est rallumé et sur l'écran est apparu un message de sauvegarde d'urgence automatique. Donc, l'ordinateur était aussi en marche au moment de l'accident. Je connais assez bien l'informatique. Suffisamment pour déjouer ton code. Avec beaucoup de temps et de patience. J'y ai passé presque toute la nuit.

«Merde! Merde! Et re-merde!» se dit Max, maintenant tout à fait persuadé que l'homme sait tout. «Il peut bien rire dans sa barbe. Il doit me prendre pour un maudit beau cave!»

Maxime serre les poings, il voudrait lui faire avaler sa langue. Que François s'étouffe avec ses moqueries! Mourir de honte, ce doit être ça!

— En lisant tes notes, j'ai pensé à un garçon qui s'appelait Philo Farnsworth. Ce nom te dit quelque chose?

Maxime ne comprend pas où il veut en venir. Pourquoi ne cesse-t-il pas de tourner autour du pot et ne lui lance-t-il pas carrément son insulte? Maxime n'en a rien à faire, de son Philo chose!

— Non? Le contraire m'aurait surpris. Très peu de gens ont entendu parler de lui. Mais pourtant… tout le monde, enfin dans les pays dits civilisés, utilise son invention. Au début des années 1920, à l'âge de 15 ans, il passait pour un fou auprès de ses camarades de classe et de ses professeurs.

«Ça y est. Il va finir par me traiter de fou, moi aussi. Je le savais, qu'il rirait de moi.»

— Philo vivait dans une cabane dans une ferme au fin fond d'un État américain. Malgré cette situation familiale peu propice à l'épanouissement d'une superintelligence, c'était un petit génie.

Maxime se demande si c'est pour mieux le rabaisser que François procède par comparaison. Qu'il arrête de le faire languir et qu'il l'insulte au plus vite! Au moins, Maxime saura à quoi s'en tenir.

— Un jour, en classe, à 15 ans, il a décrit en détail le fonctionnement d'un système télévisuel électronique. La télévision, quoi! Quelle idée loufoque! Regarder des images (venues par la magie des ondes) dans une boîte! Il a passé pour un vrai cinglé, bon pour la camisole de force. Pourtant, avant 1930, il est parvenu à transmettre une image à un poste récepteur. Remarque qu'à l'époque il n'était pas le seul à passer pour fou. À Londres, un autre type… Bird… Beard… non, Baird a failli être interné pour la même chose. Lorsqu'il a voulu intéresser un journal à son projet de télévision, la réceptionniste a dit à un journaliste: «Il y a un fou. Il prétend avoir inventé une machine sans fil pour voir des images. Méfie-toi! Il pourrait avoir un rasoir caché sur lui.»

Maxime reste sur ses gardes. En quoi cette histoire le concerne-t-il?

— Évidemment, c'était au début du siècle dernier. Aujourd'hui, on s'imagine mal vivre sans télé. Peut-être qu'un jour, dans des temps futurs, les gens seront des passagers assidus des voyages dans la quatrième dimension. Et c'est à toi qu'ils le devront.

— Vous me trouvez stupide, hein, d'avoir essayé de voyager dans le temps? Avouez que ça vous semble absurde!

Maxime n'a pas pu s'empêcher de réagir aussi violemment. Le sourire de François l'énerve au plus haut point. Pourquoi cet homme se mêle-t-il de ce qui ne le regarde pas? Pourquoi a-t-il fallu qu'il atterrisse dans cette maison?

— Oh que non! Il n'y a rien de ridicule ou de risible dans ton expérience. Je me vante d'avoir l'esprit assez ouvert pour croire à une telle éventualité. Mais que tu mettes ta vie en jeu pour découvrir les secrets du continuum espace-temps, je l'accepte mal.

— Ma vie, c'est mon affaire!

François garde un moment le silence et examine l'adolescent. Son sourire a disparu. À croire qu'il est triste.

— Alors, c'est que tu veux vraiment nous quitter. Dommage. Mais je souhaite sincèrement que ce ne soit pas les pieds devant.

Il soupire et s'agite sur sa chaise. Ce qu'il a encore à dire n'est pas facile.

— J'ai rencontré la travailleuse sociale, hier. En réalité, c'est elle qui s'est pointée à la maison. Elle a sauté sur l'occasion, ta présumée tentative de suicide, pour nous débarrasser de ta présence encombrante.

Maxime en aurait mis sa main au feu. Denise et François ont dû s'empresser de le virer de leur maison. Ça leur laisse le champ libre avec Marie-Ève.

— J'ai clairement expliqué à cette charmante dame, un peu trop expéditive à mon goût, que tu es encore le bienvenu dans ma famille et que tu partiras seulement si tu le désires. Ça m'agaçait qu'elle te déplace comme un vulgaire meuble. Si je t'ai accueilli chez moi, ce n'est pas pour te mettre à la porte au premier pépin.

« Combien de pépins lui faudra-t-il ? se demande l'adolescent. Autrement dit, quand il rejette quelqu'un, il le fait avec classe et avec méthode. Suivez le mode d'emploi pour chasser les indésirables. »

François le fixe toujours directement dans les yeux. Il attend une réponse, une réaction de sa part.

— Vous vous donnez beaucoup de mal pour bien peu. On va arriver au même résultat, tôt ou tard. Flanquez-moi dehors tout de suite, on va perdre moins de temps.

— Est-ce que c'est ça que tu cherches ? Est-ce que tu crois réellement que je n'ai pas envie de te garder ?

— C'est Marie qui vous intéresse, pas moi ! Est-ce si difficile à avouer que vous ne voulez pas de moi ?

— Hé ! Un instant, Max !

Il s'est levé brusquement. Il est tout près du garçon, à quelques centimètres du lit. Un éclair farouche a passé dans ses yeux, dans son visage. Cette réponse l'a choqué, mais il se calme aussitôt.

— Je crois qu'on se comprend mal. D'ailleurs, depuis le début, on ne s'est pas entendus du tout. Max…

Il affiche quelques scrupules à poursuivre.

— J'approche la quarantaine et pourtant je n'ai pas encore d'enfants. Pas parce que je n'en désire pas. Au contraire, j'ai tout fait pour en avoir. Mais je suis stérile *ad vitam æternam*.

« Ça y est, maintenant, il me raconte sa vie. Sortez les mouchoirs et les violons ! »

— Reste l'adoption. Nous nous sommes inscrits sur une liste d'attente aussi longue que le boulevard Métropolitain à l'heure de pointe. Et on attend. Un bébé qui ne viendra jamais, j'en ai bien peur. Bien sûr, on pourrait chercher un poupon en Chine, mais c'est un peu trop loin pour moi…

« Et alors ? Je n'y peux rien, moi, à ses problèmes d'adoption. »

— Quand les Gélinas m'ont parlé de toi, de ton besoin d'une famille d'accueil, je n'ai pas hésité un instant. Parce que je te connaissais déjà un peu. C'est vrai, je t'ai rencontré seulement une ou deux fois, mais il n'empêche que je te connais plus que tu le crois. Josiane et Daniel ne tarissent pas d'éloges sur toi. Et ils ont raison.

Convaincu que François essaie de l'ébranler avec ses flatteries, l'adolescent se cabre pour ne pas se laisser acheter aussi facilement. Pourtant, l'homme persiste :

— Max, c'est toi que je voulais. En te prenant dans ma maison, c'est d'abord à moi que je faisais plaisir. J'ai besoin d'avoir un gars. Et un dans ton genre, ça me plaît. Pour ce qui est de Marie… elle venait avec le lot ! Un peu comme le truc pour éplucher les légumes qu'on obtient gratuitement à l'achat d'un appareil électroménager !

— Il y a des gens qui vont acheter l'appareil uniquement pour le plaisir d'avoir un objet gratuit.

— Toi, tu l'as, le don de boucher le monde! Quelle haute opinion tu dois avoir de moi pour penser que je me laisserais prendre comme un idiot à ce truc promotionnel!

Son sourire est revenu. Joyeux, cette fois! Il devrait pourtant être fâché ou vexé. Maxime vient de l'insulter.

— Il faut bien admettre que le truc en question est très attrayant. Ta sœur possède un don bien différent du tien. C'est une enjôleuse. Denise a complètement perdu la boule depuis que Marie est à la maison. Et moi-même je plie parfois à ses caprices enfantins. Tandis que toi…

«Oui, moi, je suis l'emmerdeur!» se dit Max.

— C'est plus loin que ça que tu viens me chercher. Moins superficiel. D'accord, je me suis montré maladroit. Je n'ai pas réussi à établir le contact, mais misère ce que ça m'a fait mal quand je t'ai ramassé, hier matin! Tu n'as pas idée à quel point c'était douloureux!

Il est redevenu sérieux. Maxime ne supporte plus son regard. Pourquoi cet homme insiste-t-il autant pour lui faire croire des choses impossibles? L'adolescent est persuadé que sa présence l'embête tout comme elle embêtait son père. Il ne voit vraiment pas pourquoi il en serait autrement. Quand on est né pour se débrouiller seul, on ne peut s'accrocher à personne. Parce qu'on tombe de trop haut quand on nous lâche.

— Maxime, je m'illusionnais en pensant que je pouvais emprunter un fils. Tu es beaucoup trop vieux pour oublier tes parents. Mais il y aurait peut-être moyen de voir les choses autrement, de me donner un autre statut. Celui de grand frère, par exemple? Ce n'est pas nécessaire de répondre tout de suite. Prends tout ton temps pour y réfléchir. Si ça t'intéresse, on pourrait s'organiser pour faire des activités ensemble. Un sport ou... aller à la pêche. Pourquoi pas?

«Aller à la pêche! J'aurai tout entendu. Comme si j'avais du temps à perdre à un jeu aussi crétin!»

En relevant les yeux, Maxime aperçoit Caroline, debout dans l'embrasure.

— Bonjour! J'espère que je ne vous dérange pas. Je suis juste venue faire une petite visite à Max, en passant.

François sursaute. Il ne l'avait pas entendue entrer. Il profite de son arrivée pour s'éclipser.

— Bon, il faut que j'y aille. J'ai du sommeil à rattraper. Salut, Max. Pense à ce que je t'ai dit. J'oubliais: ta sœur t'envoie ce message. Denise va probablement l'emmener te rendre visite ce soir.

Dès que François quitte la chambre, Caroline se dandine vers le lit. Maxime ne sait trop ce qui le retient de la chasser.

— Comment as-tu fait pour savoir que j'étais ici?

— Marie-Ève est une source intarissable d'informations!

— La bavarde! Elle a dû tout raconter.

— Il ne faut pas lui en vouloir. Elle a tellement de chagrin. Elle s'imagine que c'est à cause d'elle que tu as voulu te suicider. Parlant suicide, je vais me dépêcher avant que tu remettes ça.

Sans gêne, elle s'assoit à côté du lit, sort un calepin et un crayon de sa poche. Elle jette de rapides coups d'œil à Maxime et griffonne.

— Se dépêcher de quoi? Travailles-tu pour le journal de l'école? Tu écris un article sur le dernier potin croustillant de La Passerelle?

— Pas du tout. Arrête de bouger!

Elle arrache vivement la première page et la lui lance négligemment. C'est un dessin. À peine quelques traits, et néanmoins, il se reconnaît.

— Ça rime à quoi, ta caricature?

— Il me semble que c'est simple. Je fais ton portrait avant que tu meures.

— Mon portrait! Pourquoi?

— Parce que après, il va être trop tard. Je vais avoir perdu le modèle.

Maxime est stupéfait. Il se dit que cette fille est complètement folle. Elle apprend qu'un gars tente de se suicider et tout ce qu'elle fait, c'est un dessin de lui. Si Max avait vraiment voulu se tuer, il en pleurerait. Mais dans la situation présente, c'est risible. Une autre feuille atterrit sur la couverture. Elle a du talent. Un talent fou, même. Un talent à sa hauteur, quoi.

— C'est ça, continue à sourire. C'est très joli. Dommage que ça ne t'arrive pas plus souvent.

— Je souris seulement quand ça en vaut la peine.

— Et qu'est-ce qui a assez de pouvoir pour agrémenter ta vie et illuminer ton visage ?

Elle a de ces questions ! Et elle attend une réponse, les yeux curieux, le crayon en l'air, comme si c'était important pour elle.

— Oui, qu'est-ce qui te rend joyeux ? Moi, c'est le dessin, la peinture. Me promener dehors pour regarder la nature. Surtout les couleurs. As-tu déjà remarqué le coucher du soleil ? Il n'est jamais pareil. Des fois, il a des teintes de rose, mauve, fuchsia ou lilas. Ou encore, on dirait que le feu est pris dans le ciel. Des bandes rouges et orange courent derrière les nuages. Ou bien…

Elle parle avec enthousiasme. Comme si sa vie dépendait de ça. De la beauté du ciel. Elle est bizarre.

— On a tous quelque chose qui nous passionne. Toi, c'est quoi ?

Lui ? Au fond, elle a raison, lui aussi il s'emballe pour quelque chose. Une idée, un concept.

— Le temps. Celui qui passe, celui qu'on a perdu ou qu'on n'a pas encore vécu, celui qu'on n'atteindra jamais.

Elle ne rit pas. Elle réfléchit. Ce qui l'oblige à plisser le front, et deux minuscules barres verticales se forment à la naissance de son nez. Un petit bout de nez entre deux yeux verts. Des yeux de chat, derrière ses lunettes. Maxime n'avait jamais remarqué avant aujourd'hui. Ça lui donne un air… assez attirant.

— Ce serait super d'avoir une clé pour ouvrir les portes du passé et du futur. Ou mieux encore, une espèce de machine à voyager dans le temps. Ça permettrait de l'explorer.

Elle est étonnante. À croire qu'elle a lu dans les pensées du garçon! Elle reprend son dessin, silencieuse. Il n'ose pas parler. Il l'observe à volonté. De près. La couleur de sa peau, ses mimiques, ses lèvres qu'elle pince parfois. À la fin, c'est avec un sourire rayonnant qu'elle lui tend son œuvre.

— Est-ce que ça te plaît? Je t'en fais cadeau. Tiens! On dirait que c'est bientôt l'heure du dîner.

Elle a raison. On entend des cliquetis dans le corridor. La distribution du repas est déjà commencée.

— J'espère que ce ne sera pas trop long avant que tu reviennes à l'école. On va peut-être se revoir la semaine prochaine? Salut!

Elle part. Maxime sent confusément qu'il aurait peut-être dû lui dire quelque chose, mais il ne sait trop quoi. Peut-être aurait-il pu lui suggérer de rester un peu plus longtemps ou de revenir? Oh! Et puis, il trouve ça stupide.

C

En sortant de l'ascenseur, Caroline tombe nez à nez avec Benoît. Elle fige sur place.

— Tiens, Caro! Qu'est-ce que tu fais ici? Es-tu malade?

— Euh... je... non!

Ses neurones s'activent à toute vitesse. Elle ne peut pas lui avouer qu'elle est venue voir Maxime.

Il va poser des questions, exiger des précisions. Elle ne peut raconter que leur camarade de classe a tenté de se suicider. Elle imagine déjà la suite. «Pourquoi? Parce qu'il est malheureux. Son père était un drogué, un voleur et presque un assassin. En passant, c'est ton père à toi qu'il a failli tuer.» Alors, Caro invente.

— Je vais très bien. C'est ma grand-mère. Elle a fait une crise d'asthme, cette nuit. Et comme ses bronches sont fragiles, le médecin la garde un jour ou deux pour la surveiller. Et ton père, ça va?

— Ouf! Couci-couça! Les progrès sont minces et décourageants. Si jamais il marche, ça risque de prendre une éternité.

— En attendant, tu travailles à la quincaillerie.

— Pas seulement en attendant. Pour toujours. C'est fini, l'école. À l'âge que j'ai, ça ne m'intéresse plus. Et il faut bien que je prenne la place de mon père. D'ailleurs, il doit m'attendre. À la prochaine!

Caroline s'éloigne de lui en soupirant. Elle ne lui a pas dévoilé le secret de Maxime. Ses deux secrets. Celui sur la cause de la mort de son père et celui sur son faux suicide. L'air coquin, Caroline sourit davantage en poussant la porte de l'hôpital. Elle sait tout. Lorsqu'elle est arrivée près de la chambre de Max, un homme venait juste d'y pénétrer. Alors elle a décidé d'attendre son départ pour entrer à son tour. Adossée au mur du corridor, elle a entendu la conversation. La politesse aurait exigé qu'elle s'éloigne, mais elle n'a pas pu.

Caro est heureuse. Maxime n'a jamais voulu se suicider. Elle croit sincèrement qu'elle a encore des chances de le séduire. Elle doit bien avouer que les génies ont un certain charme. L'idée de frayer avec un jeune savant fou ne lui déplaît pas. Un savant complètement loufoque comme celui du film *Retour vers le futur*. Elle ignore que c'est justement celui-là qui a inspiré Maxime. Elle sait seulement qu'elle a enfin trouvé son beau ténébreux. Il ne lui reste qu'à le conquérir.

C

Maxime déplie la lettre de sa sœur. Ce n'est qu'un court message, rédigé d'une main mal-habile.

Max, pars plus. Je vais être fine.
Je t'aime gros, gros. Plus que Bouboule.

L'adolescent le savait déjà. Lui aussi éprouve beaucoup d'affection pour sa sœur. Mais rester ! Pourquoi ? Pour aller à la pêche avec François ? La pêche, quelle activité ridicule, sénile !

Il glisse le mot de Marie dans le tiroir de la table de chevet. Ses doigts effleurent la montre de gousset. Il est déçu. Jamais il ne saura si son expérience a fonctionné. Quand il a repris ses esprits et qu'il a voulu vérifier la différence entre l'heure actuelle et celle de l'oignon, il était trop tard. Plus de tic-tac. Le mécanisme était arrêté. Cette vieille montre a besoin d'être remontée chaque jour. Il lui faudra tout reprendre depuis le début. Passer par les mêmes douleurs? Non, différemment. Reprendre ses travaux, réfléchir encore, imaginer une autre façon. Mais abandonner, il n'en est pas question!

Il se lève et se rend à la salle de bains. En passant devant le miroir, il aperçoit sa mine.

— Maudit que j'ai l'air fou, marmonne-t-il. Je ne suis même pas peigné. Caro a dû me trouver horrible.

Pourtant, sur les dessins qu'elle lui a laissés, il est bien coiffé. Comme si elle était parvenue à l'imaginer avec une allure impeccable. Mal à l'aise, il chasse la jeune fille de ses pensées.

Scrutant son reflet dans le miroir, Max ne peut admettre que quelqu'un puisse s'intéresser à lui. Mais il n'a pas rêvé: ce matin, trois personnes se sont souciées de lui. Dans le cas de Marie-Ève, c'est normal. De la part de François, ça le surprend. Et venant de Caroline, c'est incompréhensible. Est-ce qu'elle éprouverait plus que de la compassion pour lui? Son esprit logique répond non, mais il souhaite le contraire sans se l'avouer. Et François? Peut-il le considérer comme un grand frère?

Il se demande si c'est de la truite ou du brochet qu'il aime pêcher.

Il éclate de rire. Lui, Maxime Langlois, assis dans une chaloupe à piquer des vers de terre sur un hameçon, quelle idée absurde! Et pourquoi pas Caro installée sur le rivage à peindre les reflets des arbres sur le lac, tant qu'à y être!

« Woh! Maxime! Tu rêves en couleurs! »

Ce qui n'est, somme toute, pas si désagréable!

Table des matières

TESTEZ VOS CONNAISSANCES

Saviez-vous que... jusqu'à ce qu'ils atteignent 18 ans, les enfants sont sous la responsabilité de leurs parents?

Saviez-vous que... selon la *Charte des droits et libertés de la personne,* tout enfant a droit à la protection, à la sécurité et à l'attention de ses parents ou des personnes qui en tiennent lieu?

Saviez-vous que... la consommation de drogue affecte les capacités des parents à s'occuper adéquatement de leurs enfants et que la plupart des familles qui sont touchées par ce problème vivent dans la pauvreté?

Saviez-vous que... près de la moitié des signalements pour négligence impliqueraient l'abus de drogue et d'alcool?

Saviez-vous que... les familles d'accueil reçoivent des jeunes en difficulté, répondent à leurs besoins et leur offrent un milieu de vie semblable à un environnement familial?

Saviez-vous que... la famille d'accueil encadre et accompagne l'enfant dans son cheminement, lui procure idéalement de l'amour et de la compréhension, tout en ayant comme but ultime la réintégration familiale et sociale du jeune?

Saviez-vous que... à Montréal, chaque année, environ 80 enfants sont signalés à la Protection de la jeunesse pour abandon de la part de leurs parents?

Saviez-vous que... chaque année, entre 60 et 70 enfants québécois sont adoptés?

Saviez-vous que... en 2007, 1 485 jeunes Montréalais vivaient en famille d'accueil?

POUR EN SAVOIR UN PEU PLUS

Selon la loi, les parents ont des obligations à remplir :

- Bien élever leurs enfants et veiller à leur éducation en s'assurant qu'ils fréquentent l'école jusqu'à l'âge de 16 ans.
- Superviser, surveiller et protéger leurs enfants autant physiquement que psychologiquement.
- Nourrir et entretenir leurs enfants et veiller à leur sécurité et sur leur santé.
- Répondre aux besoins matériels, affectifs et moraux de leurs enfants.

En contrepartie, la loi donne aux parents certains pouvoirs :

- Prendre toutes les décisions nécessaires afin d'assurer le bien-être de leurs enfants jusqu'à ce qu'ils atteignent la majorité.
- Décider quelle école ou quelle garderie leurs enfants fréquenteront.
- Décider de leur lieu de résidence.
- Choisir les valeurs qu'ils leur transmettront, comme par exemple décider de leurs pratiques religieuses.

Situations pouvant engendrer un signalement au Directeur de la protection de la jeunesse (DPJ) :

- Enfants abandonnés ou en voie de l'être.
- Enfants maintenus dans l'isolement ou victimes de rejet affectif grave.
- Enfants négligés physiquement par manque de soins.
- Enfants soumis à de mauvais traitements.
- Enfants privés de conditions matérielles d'existence suffisantes.
- Enfants abusés sexuellement.
- Enfants victimes d'exploitation ou forcés à faire un travail disproportionné à leurs capacités.
- Enfants présentant de sérieux problèmes de comportement et dont les parents ne prennent pas les moyens nécessaires pour corriger la situation.

POUR EN SAVOIR ENCORE PLUS

VRAI OU FAUX ?

Les parents sont les premiers et uniques responsables de leurs enfants.

FAUX : La Loi sur la protection de la jeunesse affirme que les parents sont responsables de leurs enfants. Toutefois, il arrive que l'État doive intervenir lorsque la sécurité ou le développement d'un enfant est en danger.

Le Directeur de la protection de la jeunesse (DPJ) a le mandat d'intervenir quand survient une situation qui compromet la sécurité ou le développement d'un enfant.

VRAI : La DPJ existe pour protéger l'intérêt des enfants en difficulté. Lorsque survient une situation où les parents deviennent inaptes à bien remplir leurs obligations parentales (décès, maladie, etc.), la DPJ peut confier la garde des enfants à une famille d'accueil.

La DPJ ne retire jamais un jeune de sa famille sans motifs valables.

VRAI : Le retrait du foyer familial et le placement en famille d'accueil sont des expériences difficiles et traumatisantes pour un enfant. La DPJ préfère d'abord en confier la garde à un membre de la famille (grands-parents, tante, oncle, etc.) ou à un ami qui sera en mesure de lui procurer les soins et l'affection dont il a besoin.

N'importe qui peut décider de mettre sur pied sa famille d'accueil.

FAUX : Ne devient pas famille d'accueil qui veut ! La famille devra fournir des lettres de recommandation, suivre une formation et subir de nombreuses évaluations, afin de prouver qu'elle est apte à accueillir un jeune.

POUR EN SAVOIR BEAUCOUP PLUS

1. Voici quelques sites Internet où l'on peut obtenir de l'information ou de l'aide :

   Fédération des familles d'accueil du Québec
   www.ffaq.ca/

   Centre jeunesse de Montréal
   www.centrejeunessedemontreal.qc.ca/accueil/

   Le Centre de référence
   www.info-reference.qc.ca/
   514-527-1375

2. Voici quelques organismes qui peuvent vous aider et vous écouter en cas de besoin :

   Jeunesse, J'écoute
   www.jeunessejecoute.ca/
   1-800-668-6868

   Protection de la jeunesse
   514-896-3100

   Tel-jeunes
   www.teljeunes.com
   1-800-263-2266

   Narcotiques anonymes
   www.naquebec.org/francais.htm
   514-249-0555

INVITATION

La lecture de ce livre terminée, vous avez sûrement des impressions ou des commentaires concernant l'histoire, les personnages, le contexte ou la collection Faubourg St-Rock en général. Nous serions heureux de les connaître ; alors, si le cœur vous en dit, écrivez-nous à l'adresse suivante :

Éditions Pierre Tisseyre
a/s Susanne Julien
9300, boul. Henri-Bourassa Ouest, suite 220
Saint-Laurent (Québec)
H4S 1L5

Un grand merci à l'avance !

PLAN DU
FAUBOURG
ST-ROCK

HERRIMAN

Chemin de la falaise

DURUISSEAU

DES ARTISANS

CÔTE-AU-SIROP

DES ÉGLANTIERS

TANQUERAY

WODEHOUSE

DE L'OASIS

BOULEVARD DE LA PASSERELLE

Aréna

DE L'ALLIANCE

CROISSANT ST-ROCK

COLLECTION FAUBOURG ST-ROCK+
directrice : Marie-Andrée Clermont

Note : Les ouvrages listés ci-dessus dans la collection
Faubourg St-Rock+ sont des versions réactualisées
des romans portant les mêmes titres parus
de 1991 à 1996.

    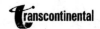